メディアワークス文庫

百鬼夜行とご縁組
～契約夫婦とあやかし大祭～

マサト真希

登場人物

花籠あやね（はなかご・あやね）
本作のヒロイン。とある経緯で、太白と契約結婚することになった。

高階太白（たかしな・たいはく）
仙台一の高級ホテル「青葉グランドホテル」の御曹司。その正体は鬼の大妖怪。

高階啓明（たかしな・けいめい）
太白の祖父。「青葉グランドホテル」の元総支配人で現在行方不明。

高階長庚（たかしな・ちょうこう）
太白の父。狐の血を引く鬼。啓明と同じく現在行方不明。

土門歳星（どもん・さいせい）
「青葉グランドホテル」の現総支配人で太白の元教育係。正体は大天狗。

小泉（こいずみ）
あやねの世話役となったしゃべる猫（猫又）。

白木路（しらきじ）
高階家に仕える幼い少女の姿をした狐。外界と隔絶する“結界”を張るのが得意。

藤田晴永（ふじた・はるなが）
東京からやってきた陰陽師。若くして陰陽寮No.２の地位を持つ。

藤田晴和（ふじた・はるか）
晴永の姉。陰陽寮での地位をめぐり、晴永と対立している。

鈴川さゆみ（すずかわ・さゆみ）
「青葉グランドホテル」の系列ホテル「ホテルグランデ松島」の総支配人。

お大師さま（おだいしさま）
松島の地に巣食う恐ろしい妖かし。その正体は……？

大城戸ひろみ（おおきど・ひろみ）・**裕司**（ゆうじ）・**卓也**（たくや）
百鬼夜行祭の日に「青葉グランドホテル」に宿泊する羽目になった人間の一家。

目　次

1　狐、その尾を濡らすか　4

2　狐と狸のばかし合い　64

3　猫一代に狸一匹　132

4　鬼も角折ることもある　188

エピローグ　256

1　狐（きつね）、その尾を濡（ぬ）らすか

車の窓の外は、秋の色に染まり始めた緑の小島の浮かぶ青い海。

十月の穏やかな陽（ひ）の光に照らされて、海は美しくきらめいている。

「ここが、松島（まつしま）なんですね」

窓ガラスに額をつけて、あやねは感嘆の声を上げる。

宮城県（みやぎけん）松島。天橋立（あまのはしだて）、宮島（みやじま）と並んで日本三景のひとつに数えられる名高い観光名所だ。平安時代より歌枕の地といわれ、芭蕉翁（ばしょうおう）が眺めに見惚（みほ）れて言葉もなく、俳句を詠むこともできなかった、という逸話があるほどの絶景である。

数日前、青葉（あおば）グランドホテルでのオータムブライダルフェアを無事に終えて、あやねは契約結婚相手の太白（たいはく）と念願の松島旅行へやってきたところである。

名目は、新婚旅行。

面映（おもはゆ）い理由だが、事業統括部長の太白と、企画営業部のブライダル部門リーダーであるあやねのふたりでは、放っておけば仕事に忙殺されてしまう。

どんな名分でも、休暇は取れるうちに取っておかなくてはならない。

「太白さん、窓、開けてもいいですか」

窓を通しても海の青さと島々の緑の対比は見事で、いますぐ飛び出していきたくてうずうずしているあやねは、運転席の太白を振り返る。

「どうぞ。でも、身は乗り出さないでください」

外車で左ハンドルの運転席に座る太白は、生真面目に答えた。今日も彼は、冴え冴えとしたイケメンの横顔を見せている。

シャープな眼鏡の似合う理知的で涼やかな面立ちは、テレビや洋画でもめったに拝めない完璧な美形ぶりだ。その美しい造作に〝人間離れ〟と形容したくなるがそれも当然で、彼は鬼と人間のあいだに生まれた半妖である。

こんな美青年と同居している自分が、あやねはいまだに信じられない。職場を離れた車中ともあって、思わずぼーっと見惚れてしまう。

「あやねさん？　どうしました」

太白がちらと眼鏡の奥から、心配そうな目を向けた。

「えっ、あっ、はい、もちろんです、そんな子どもみたいな真似はしません」

あやねは我に返って窓を開ける。さあっと涼やかな秋風が入り込んだ。

「素敵……！」

目の前に広がる、あざやかな海の青と島々の緑。

湾内を航行するフェリーが、白い波を青い水面に刻んでよぎっていく。日本三景のひとつといわれるのも道理の美しい眺め。

あやねは旅情に浸りつつ、うっとりと見惚れた。

「松島には、四大観という名所があるのですよ」

子どものように窓にしがみついていたあやねは、太白の言葉に振り返る。

「四大観ですか。前にも、その名前をお話ししてくださいましたよね」

「松島湾を一望できる絶景です」

説明する太白の声は、珍しくはずんでいる。

「壮観、麗観、偉観、幽観の四つがあり、それぞれ異なる趣の景観が楽しめる場所なのです。車でないとアクセスが難しいのですが、松島の絶景を楽しむのには、うってつけのビューポイントなのですよ。ランチ後に、いかがですか」

「行きたいです、ぜひ！」

「よかった。母が気に入っていた場所なので、あやねさんをお連れしたいと思っていたんです。……その」

身を乗り出すあやねに、ふと太白は面映そうに目を落とす。

「ふたり、きりで」

太白の言葉に、あやねはどきりとした。いまだって車中でふたりきりなのに、と改めて意識してしまって、ますます胸が高鳴って落ち着かない。

「そ、そうですね。わたしも、です。今回の旅行、楽しみにしてました」

あやねはうろたえながら答える。

太白は、あやねと契約結婚するまで女性との交際経験がないといっていた。こんなに美形なのに、半妖という生まれのためか、人間にも妖かしにも心を開ける相手がいなかったと。接客業のゆえで物腰はやわらかく、きちんとあやねの意思を尊重してくれる一方で、言動がいつも初々しいのは、そのせいだろう。

（わたしだって、ひとりしか付き合ったことはないけれど）

元彼は、自分の海外転勤を機にプロポーズしてきたが、仕事人間のあやねが日本で待つと告げたところ、あっさりべつの女性を選んで去っていった。

あのとき、結局彼はあやね自身ではなく、ついてきてくれる女性なら誰でもよかったのだと哀しくなったけれど、いまなら望む方向が違っただけだと思える。

それもこれも、あやね個人の能力を認め、居場所をくれた太白のおかげだ。

あやねはそっと、運転席の太白の横顔を見つめる。

照れくさそうに眼鏡のブリッジを押さえて直す彼に、嬉しさがこみ上げる。

「いっぱい、松島を堪能しましょうね。……ふたりきりで」

「あやねさん……ええ、はい」

ふたりだけの車内で、あやねと太白はほほ笑み合う。契約結婚という関係でも、まるで本当の夫婦か恋人のように。

と考えて、あやねは頬が熱くなる。

（確かに名目は新婚旅行だけれど、考えすぎだってば）

この先を太白が望んでいるかはわからないのだから。なにせ、一流ホテルの次期総支配人というだけでなく、宮城の地の妖かしを統べる次期頭領でもある。ただの人間のあやねを正式な伴侶とするには、慎重な見極めが必要なはずだ。

「あの、このあとホテルグランデ松島でランチの予定でしたよね」

太白の気持ちを確かめるのが怖くて、あやねは話をそらした。

ホテルグランデ松島は、松島でも老舗のリゾートホテルだ。青葉グランドホテルが一昨年前に買収し、系列に置いたと聞いている。

今回は、その総支配人とランチ会食。太白の高校時代の同級生で、総支配人の座についたのは数年前と若いときだが、実務は老いた両親が担っていたらしい。

最近父親が病気で入院したため、少しずつ表に出てくるようになったという。

「せっかくの旅行なのに、仕事絡みで申し訳ない」

太白は律儀に謝罪する。

「歳星(さいせい)が、どうせ松島に行くなら視察も兼ねて顔を合わせてこいと」

「いえ、土門(どもん)さんの要請なら、必要な業務です」

土門歳星。太白の元教育係で、青葉グランドホテルの総支配人。若輩者の太白に代わり、ホテルを預かっている。ただの人間のあやねが太白の配偶者になるのが気に入らないようだったが、最近はその態度も少しだけ軟化してきた……気がする。

「ホテルグランデ松島のレストランは、ミシュランに星を付けられて、海外からの観光客にも人気が高い。仕事で心苦しいですが、シェフの腕は保証します」

太白の気遣う言葉に、あやねは「大丈夫です」とにこやかに答える。こういう会食も、契約結婚の仕事のひとつだ。

しかし、と胸の内にふと、いやな考えがよぎった。

ミシュランの星付きレストランを抱える老舗でありながら、青葉の系列に入ったのは、現支配人の父親が自分の病に気づき、後ろ盾を欲しがったせいだという。自分の子どもが、形だけでも総支配人についているのに。

それとも、その子に業務を任せられない理由でもあるのだろうか。

(せっかくの松島旅行なのに、またごたごたに巻き込まれたくないなあ)

と思いつつ、接客業で鍛えた勘は、あまりはずれたことはない。あやねはこっそりと、窓の外に逃すように吐息した。

「それではランチ後に、四大観のひとつ、偉観にご案内しましょう」

「はい、楽しみです!」

太白の言葉になるべく明るく返して、あやねはまた外へと目を移す。

陽光にきらめく青い海は美しく、のどかで心洗われる眺めだ。あやねの落ち着かない心境とは、うらはらに。

◆

「これは……素敵ですね」

ホテルグランデ松島へ足を踏み入れ、あやねは感嘆の声をもらす。

シャンデリアの下がる開放感ある高い天井。大きな広い窓からは、緑の木々に囲まれた青いプールが見え、その向こうには松島湾の水平線がのぞく。

小高い丘の上という立地を活かした、素晴らしい設計だ。

金を基調とした内装はゴージャスだが、派手すぎず格調高く、リゾートホテルらしい優雅さで、休暇で非日常を味わうのにうってつけの場所といえる。

「どこも清掃が行き届いて綺麗です。老舗なのに老朽化した箇所もないですし」

「青葉の買収にともなって、改装したのですよ」

目を輝かせて見回すあやねに、太白が説明する。

「買収ということなら、このホテルの従業員も妖かしなんですか」

「いや、総支配人以下、ほぼ人間です。従業員すべてを妖かしにするのは不可能ですから。しかし、系列のホテルの役員には、いずれも高階の配下の妖かしを送り込んでいます。出向先が協力的であれば、それで特に問題は起こりません……が」

「なにか、ご懸念でも？」

あやねが問うと、太白は整った眉を曇らせる。

「実は、祖父の引退により、松島の妖かしに造反の気配があるらしいのです。人間たちと共存せず、思うがままに振る舞おうという魂胆らしい」

「なんですって」

不穏な話に、あやねは青ざめる。

「この地には、『お大師(だいし)さま』と呼ばれる強大な妖かしがいます」

太白は険しい顔で答えた。

「これまで高階に与(くみ)せずも、表立って敵対する素振りはありませんでした。しかし、ほかの妖かしたちがそのお大師さまを担ぎ出そうとしているとか」

「そんな、一大事じゃないですか」

あやねはいっそう血の気が引く想(おも)いがした。

「今月末には『百鬼夜行祭』が控えています。それを前に造反なんて」

百鬼夜行祭とは、高階の頭領が総代となって取り仕切る祭り。体裁としては、この地の無病息災のために、総代が邪気を祓(はら)う儀式だ。

だが実態は、一年に一度だけ、妖かしたちが本性を現して思う存分羽目を外すお祭り騒ぎ、らしい。〝らしい〟というのは、まだ直に見ていないからだが。

「この情報は、このホテルに送り込んだ青葉の役員が知らせてきたものです」

太白は冷静に話を続ける。

「とはいえ、わざと知らせてきた可能性もなくはない。僕は常に試されていますから。敵や中立の相手だけでなく、味方にも。さらに」

「……さらに？」

「すでになんらかの異変が起きているとか。あくまで噂で、詳細は不明ですが」

あやねは無意識に、バッグの持ち手を握りしめる。太白があわてて取りなした。

「すみません、せっかくの旅行でこんな不穏な話はしたくなかったのですが」

「いいえ、大切なことです」

あやねは励ますようにいった。

「太白さんのパートナーとして、知っておきたいです。でしたら、ここでのランチは重要ですね。総支配人の方と、きちんと連携を取っておくべきかと」

「ありがとうございます。あやねさんがいてくださって、心強い」

「……おふたりとも、ご宿泊ですか」

そんな会話のさなか、ふいにかけられた声に、あやねと太白は振り返る。

そこには、和装の男性が立っていた。細身に黒い上品な仕立ての紬が似合うその男性は、にこやかで愛想がよさそうに見える。しかし、どうもそのつるりとした笑みに、あやねは違和感を覚えた。

まるで……笑顔の仮面をかぶっているような。

「いえ、ただ食事に寄っただけですが」

太白が一歩前に出て、あやねを背に隠して答える。

「そう警戒なさらず。わたしはこのホテルで個展をしているものです」

「個展？」

和装の男は名刺を差し出した。太白は受け取り、あやねに見せる。

『人形作家・蛇ヶ崎偶人』

「一階のホールで、古い着物をアレンジした人形を展示しております。どうかぜひ、ご覧になっていただきたい」

和装の男性、蛇ヶ崎は細い目を三日月型にしてほほ笑んだ。

「あなた方、高階ご夫妻に大切なお話もありますので」

「……なぜ、僕たちの名前を」

警戒心もあらわに太白が尋ねると、蛇ヶ崎は含み笑いで返した。

「高階の次期頭領というお方を、我らが知らないはずがございませんでしょう」

それでは、と蛇ヶ崎は一礼しロビーの向こうへ歩いていく。いったいなにが目的だったのだろうと首を傾げつつ、ふとあやねは目を上げる。

蛇ヶ崎を見送る太白は、あきらかに緊張していた。それを見てはたと気がつく。

「もしや、いまの方……妖かしなのですか」

「そのとおり。どうやら、この地の狐のようです」

太白は眼鏡のブリッジを押さえ、蛇ヶ崎が消えた方角を見据える。

「狐って、白木路(しらきじ)さんのお仲間でしょうか」

白木路は、高階家に仕える狐の頭目だ。見た目は愛らしい幼女だが、その実は千年の齢(よわい)を誇る大妖かしである。

「可能性はありますが、話に聞いたことはありません。しかし、もし同族なら、僕らの旅行について白木路が知らせていてもおかしくはない」

「それでごあいさつに？　でも、白木路さんのお名前が出ませんでしたね」

そういって、あやねが眉をひそめたときだった。

「ようこそ、高階さま！」

華やいだ声が響いて、ふたりは目を移す。

ロビーの向こうから、艶(あで)やかな着物の婦人がやってくる。五十代くらいだろうか、いまでも華やかな雰囲気があるが、若いころはさらに美人だっただろう。

婦人はいかにもひと馴(な)れ、客馴れした満面の笑顔で頭を下げる。

「お出迎えが遅れまして申し訳ございません。少々支度に手間取りまして」

「いや、到着予定時刻より早くついてしまいましたから」

慇懃(いんぎん)な態度で太白が答えると、婦人は「とんでもございません」と頭を下げる。

「それでは、こちらが奥さまでいらっしゃいますのね。はじめまして、当ホテル副支配人の鈴川ゆりえでございます」

「はじめまして、花籠あやねです」

あやねが会釈すると、「まあまあ、ご丁寧に」と婦人も返す。

「こちらでも噂でしたのよ。あの太白さまがついにご結婚、お相手はとても有能な方だと。すでにチーフとして高い手腕を発揮されているそうですわね。さすが、知的なたたずまいをされていらっしゃいますこと」

「そんな、恐縮です」

美しい方、なんて見え透いたお世辞をいわないあたりが世慣れている。などと思いつつ、太白の引き立てのおかげです、と答えようとしたときだった。

「あの……お久しぶりです、太白さん」

婦人の背後から声がした。あやねが目を向けると、淡い色調の着物姿の若い女性が、遠慮がちに顔をのぞかせた。

「お久しぶりです、鈴川さん。いえ、鈴川総支配人」

太白が慇懃に頭を下げると、女性は親しげにほほ笑んだ。

「さゆみと呼んでください。母と混同しますし、なにより同級生でしょう」

ということは、このふたりは親子なのか。

よく見れば、目鼻立ちがとても似ている。婦人は華やかで、女性は少し影が薄いという違いはあるけれど。

「積もる話もありますでしょう。ランチの準備は整っておりますので、七階にご案内いたしますわね」

どうぞ、と母親のゆりえがエレベーターの方向を指し示すので、あやねは会釈して太白とともに歩き出す。さゆみが自分を見なかったのが、少々気がかりだったが。

七階のフレンチレストランは、さすがの展望だった。

横長の大きな窓の外は、緑の島々を浮かべた松島湾。ちょうど時刻はお昼前。陽の光を浴びた水面の輝きに、窓ガラスが青く染まるようだ。

声を呑むほどに美しい眺望である。

「素晴らしい眺めですね……」

世辞の欠片もない、心からの感嘆の言葉をあやねはつぶやく。

「恐れ入ります。ところで、今日は高階家の別荘にお泊まりなのですね」

炭酸水がグラスに注がれるあいだ、ゆりえが和やかに話しかける。

「こちらにご宿泊くだされば、スイートルームをご用意しましたのに」

「ご厚意、痛み入ります。しかし、新婚旅行ですので」

太白が丁寧に答えると、ゆりえはちらと隣に座る娘に目をやる。

「仲がよろしくてうらやましいこと。うちのさゆみも、早くいい方を見つけてくれるといいのですけれど。どうも一歩引いた性格のせいか、なかなか」

母親の視線にもさゆみは目を伏せて、炭酸水の泡が浮かぶグラスを見つめている。

ゆりえはわざとらしく吐息した。

「こちらがどれだけ縁談を勧めてもまったく進展しなくて。夫も病がちですから、一刻も早くいい方をお迎えして、うちのホテルを安泰にしてもらわなくては」

ゆりえの声音はやわらかいが、身内ゆえの辛辣さがかいま見えた。だが、当の本人であるさゆみは黙ったまま。愛想笑いひとつもない様子は、いっそ頑固ともいえる。

母親のいう「一歩引いた性格」とは少々違う気がした。

「お父さまのご容態は、いかがですか。入院されているとうかがってますが」

沈黙にいたたまれず、あやねは口を挟む。

「ええ、安定はしていますのよ。啓明(けいめい)さまだけでなく、太白さまからもお見舞いをありがとうございます」

太白の祖父である啓明が、青葉グランドホテルの総支配人職から引退した際、膨大な数の交際名簿リストを引き継いだ。現総支配人の歳星と手分けして、太白とあやねは贈答業務を行っている。

交際は政治だ。ホテル業でも、妖かしの頭領であっても、必須の務めである。どれだけ広いネットワークがあり、どれだけ働きかけられるかによって、物事の進め方は段違いに変わってくる。これも契約結婚の仕事のひとつだ。

「この子を産んだとき、わたくしは三十半ば過ぎ、夫なんて五十路でしたのよ」

あやねの思考に、ゆりえの吐息交じりの声が割り込んでくる。

「それはもう甘やかしましてねえ。なんでも買ってあげて、東京の大学にまで行かせて。あげく向こうで就職などといいますから、さすがに夫もなだめすかして連れ戻しましてね。そのせいか、二十五になっても結婚のけの字もなくて」

「お母さま、もうやめて」

ぴしりと強くさゆみがいった。あやねは驚いて目を開く。

ゲストの前でもかまわず止めるなら、きっとこれまで散々いわれてきたのだろう。引っ込み思案どころではない、押し隠した強い意志のある女性だ。

母親は一瞬むっとして口をつぐむが、すぐににこやかに言葉を継いだ。

「申し訳ありません、こうして場をわきまえない子ですのよ」

「いえ、東京の大学に行かれたのですよね。わたしも以前東京住まいでした」

あやねは空気を悪くしないよう、さゆみに話を振る。

「なにを専攻されていたのですか。やはり、ホテル関連の……」

「おざなりで話を振らなくてもけっこうです」

不機嫌なさゆみの声が会話を断ち切る。ひえ、とあやねは言葉を呑んだ。さすがに母親のゆりえが眉を寄せてとがめる。

「さゆみ、お客さまに失礼でしょう。そんないい方」

「いえ、申し訳ありません。不用意なことをいってしまって」

あやねはあわてて謝罪し、場を収めようとする。

しかし、とても総支配人とは思えない態度だ。この様子では、入院した父親の代わりに、母親のゆりえが総支配人職をすべて担っているのではないか。

(それとも、子ども扱いして職務を任せていないのかも)

太白と同年齢の娘を〝この子〟と呼ぶ母親なら、考えられる。などと思っていると、さゆみが一転して明るい顔を太白に向けた。

「それより、太白さん。高校卒業以来ですよね、お会いするのは」

急ににこにこと笑うさゆみに、あやねはひそかに面食らう。話しかけられた太白は、戸惑い気味に顔を固くしながら答えた。

「ええ、八年ぶりくらいでしょうか。当時はあまり話をしませんでしたが」

「だって太白さん、孤高の高嶺(たかね)の花って感じだったもの。男性に高嶺の花って変かな。でも、これだけの美形でしかも優等生で無口で、近寄りがたくて」

急にさゆみは饒舌(じょうぜつ)になった。そこは母親の片鱗(へんりん)がうかがえる。

「青葉グランドホテルの御曹司って知ってましたけれど、接客業に向いてないいんじゃないかって思ってました。わたしとおなじで。ふふ」

にこにこ、とさゆみは愛想いっぱいの笑みを太白に向ける。そうして笑うと、やはり母親ゆずりの華やかさがあった。

それを目にして、あやねは胸のうちがもやもやしてくる。

先ほどから、さゆみは太白以外をまったく眼中に入れていない。名目上でもパートナーであるあやねには、かなりそっけない。身内の母親にも態度はかたくなだ。高校の同級生である太白には、心を許しているということだろうか。

太白の話しぶりからしても、特に仲がよかったわけでもなさそうなのに。

「ねえ、ランチのあと、この辺りをご案内しましょうか」

円形のテーブルで、さゆみの位置は太白の隣だ。彼女は身を乗り出し、太白に椅子を寄せるようにして、そっと声を落とした。

「懐かしい話もしたいですし、ふたりきりで、ぜひ」

ふたりきり。太白と。

声のトーンを落としても、はっきりと聞こえた。さすがにあやねも顔が強張る。一応、新婚旅行なんですけれど。実はかなり楽しみにしていたんですけど。

「せっかくのお誘いですが、午後はあやねさんと観光に出かけますので」

太白は即座に断った。ところが母親のゆりえが横から加勢する。

「いいじゃありませんか。八年ぶりならお話ししたいこともあるでしょう。この子は松島生まれ松島育ちですから、観光名所もいいお店もよく知っていますもの」

「しかし、僕らは新婚旅行なので」

「もちろんご夫妻と三人で、ですわよ。そうよね、さゆみ」

「いやです、太白さんとふたりきりがいい」

駄々っ子のように答えるさゆみに、ゆりえはさすがに眉を吊り上げた。

「そんな我がままは許しません。先ほどからお客さまに対する態度とは思えませんよ、さゆみ。お父さまが入院中なんです、総支配人としてわきまえて……」

「……ひどい」

ふいにさゆみは、テーブルに突っ伏してわっと泣き出した。

「え、あの、さゆみさん？」

あやねはおろおろと腰を浮かす。冷静沈着な太白も呆然となる。今日のレストランは貸し切りであやねたち以外に客はいないが、それが幸いなのか不幸なのか。

「ひどい、ひどい。お父さまならさゆみのいうこと聞いてくれるのに」

「お父さまも、お客さまへの我がままは許したことはありませんでしたよ」

「嘘。だいたい、お母さまはいつもわたしに厳しいじゃない。自分が注目されたいからって、総支配人の仕事だってなにもさせてくれなくて」

あやねは呆気に取られてふたりのいい合いを眺める。

いい合い、というか冷静にたしなめる母親に、娘のさゆみが食ってかかっている。

これが幼稚園児か、せめて小学生ならわかるが、二十代半ばの社会人がすることではない。あやねと太白は途方に暮れた目線をこっそりかわす。

「さゆみ、とにかくここではご夫妻に迷惑になります。別室で……」

「太白さんにご相談したいことがあるの。だからふたりきりでないと、いや！」

なだめるゆりえの手を振り払い、さゆみが悲鳴のように叫んだ。

給仕にくるはずのウェイターたちも、遠巻きにして眺めている。

あやねは声をかけるにかけられない。自分がなにをいっても、さゆみの癇癪(かんしゃく)はなだめられないだろう。太白もただ、渋い顔で吐息している。

「申し訳ございません、「今日は貸し切りで」「友人だから、かまわないって」

そのとき入り口から会話が響いてきた。なにか聞き覚えのある声だな、とあやねは振り返って硬直する。テーブルへとやってくるのは、涼やかな美青年だ。

「ふ、藤田(ふじた)さん⁉ なぜ、ここに」

あやねの驚く声に、美青年は嬉しそうに両手を広げた。

「また会えたね、美しい方」

◆

十月の海辺の風は、ほんのりと肌寒い。

青い海に浮かぶ島々の木々も少しずつ色づき始め、秋の訪れを告げている。そんな風情を目でも肌でも感じられる旅はいいものだな、とあやねは思う。

……もっとも、ふつうの場合だったら、なのだけれど。

「松島、初めてなんだよね。うちの猫たちを連れて遊びにきたいな」

あやねの隣を歩く美青年、こと藤田晴永(はるなが)が楽しそうにいった。

その生業は陰陽師(おんみょうじ)。腕は立つが女性に気安く、すぐに距離を詰めてくる。彼が所属する陰陽寮(おんようりょう)でのトラブルに巻き込まれる形で知り合い、その過程であやねを気に入ったらしく、ことあるごとにちょっかいを出してくる。

「あの……いったい、なぜ松島に？　というかなぜホテルグランデ松島に」

「ちょうどこの近くで、妖かしが出没するって話があってさ」

あやねは声を呑む。そういえば、太白もこの地に不穏な気配があるといっていた。

顔を強張らせるあやねに、晴永はきらきらした笑みで答える。

「その調査で、青葉グランドホテル系列のあのホテルに泊まってたんだ。あやねさんたちの松島旅行の話は聞こえてたから、もしかしたら会えないかなって」

「あの、近い、近いです！」

間近に寄ってくる晴永を、あやねは焦って押し返す。いくらまばゆいばかりの美形だからといって、遠慮なくテリトリーに入ってくる相手は苦手だ。

「前から思ってましたけれど、藤田さん、距離が近すぎです」

「それがぼくの性格なのは知ってるはずだけど。ところで」

面白そうな目線を、晴永は前方に向ける。

「旦那さまを独占されてるけれど、いいの？」

晴永の目線の先には、太白とさゆみがいる。しかも、腕を組んで。というより、さゆみが太白の腕に絡みついている。ここにも距離が近すぎるタイプがいる。

あのあと、和やかに会食という雰囲気ではなくなり、後日改めて場をセッティングということに落ち着いて、あやねたちは午後の観光に出ることになった。

それも、さゆみと一緒に。

太白の「相談ならうかがいます」との言葉でさゆみは機嫌を直し、母親のゆりえともに退出していった。そうしてやっとあやねたちはランチとなったのだ。

幸いなことに晴永も、べつの階で食事中だったらしく顔出しだけ。七階からの絶景を眺めつつ、太白とふたりきりでいただいたフレンチは、素晴らしかった。

宮城の秋の食材を使ったメニューで、こってりと濃厚な海老のクリームスープや、仙台牛の松島ビール煮込み、宮城の吟撰米のライスから、デザートのマロンムースのパフェ仕立てまで、どれもこれも止まらない美味しさ。

さすがミシュランで星が付けられるほどのレストラン。青葉グランドホテルの優秀なシェフにも引けを取らない。

という至福の余韻を、目の前の光景がかき消してしまう。

「さゆみさん、僕に相談というのは……」

「そんなの、観光のあとにしましょう」

困惑する太白に、さゆみはまとわりついて離れない。

あやねはむっとして唇を引き結ぶ。いいの？　と晴永はいったけれど、いいはずがない。だって、これは新婚旅行なのだ。ふたりきりの旅行のはずなのだ。

でも、とあやねは目を落とす。

太白との関係は、あくまで契約。跡取りとして不安定な彼の立場を固めるための結婚だ。人間の自分が務まるのなら、さゆみとの結婚もおかしくない。

むしろ人間界の地位の話なら、雇われ従業員でしかないあやねより、有名ホテルの総支配人であるさゆみのほうが、ずっと有利だ。

（太白さんも、高階の立場に有利な縁組を見つけるまでっていってたし）

「らしくないなあ。なに、その顔」

晴永が身をかがめてあやねをのぞき込む。

「不安な気持ちはわかるけどさ。だって籍を入れていないからには、うかうかしてたら彼女に取られちゃうかもしれないわけだしね」

「取られるもなにも、周囲にお披露目して〝夫婦〟と認知されていれば、事実婚でも実際の結婚となにも変わりないんです」

「そうかな。人間も妖かしも、わりと打算的なものだよ」

必死のあやねに、晴永はすっと冷たく目を細めた。

「老舗の跡取り同士の縁組なんて、利益しかないじゃないか。そんな縁組を断るほど、高階の御曹司は馬鹿じゃないよね。あるいは」

にっ、と晴永は意味ありげに目の端で笑んだ。

「ホテルグランデ松島の身売りも、縁談込みだったとかね」

「それなら、わたしと結婚する意味はないと思いますけど」

「へえ、君たちの結婚って、なにか後ろ暗いところがあったんじゃなかった？」

「そんなもの、ありません」

即座にあやねは否定したが、緊張で顔が強張る。いちいち晴永は鋭い。外部の人間である彼に、自分たちの契約結婚を感づかれたら面倒だ。

「まあいいや。僕としてはあやねさんがフリーになってくれたほうが、遠慮なくアプローチできて嬉しいからさ」

「いままで遠慮されてたんですか。あれで？」

あやねが問い返すと、晴永は嬉しそうに美しい顔を近づける。

「そうだね、遠慮はしてなかったかも」

「だ、だからいちいち手を取ったり、顔を寄せたりしないでくださいっ」

「藤田さん」

がし、と晴永の肩をつかんで引き止める手が見えた。

「いいかげん、あやねさんに迫るのはやめてください」

怖いほど無表情な太白が、そこにいた。晴永はあわててあやねの手を離す。

「相変わらず目ざといな。そう怒らないで、ただのじゃれ合い」

「何度注意されても、あなたは学ばないようですね」

太白は晴永の肩をさりげなく、しかし断固としてあやねから押しのける。

「僕のパートナーに馴れ馴れしくするなと、以前もはっきりお伝えしたはずですが」

「だってほったらかしで可哀想だったからさ」

晴永の含みのある目線に、太白は言葉に詰まる。

「それは……相談があるとのことだったので」

「じゃあ、あちらのお嬢さんの相談に乗りがてら、観光案内してもらえばいいよね。

そのあいだ、ぼくは」

「あ、あの、藤田さん!?」

晴永は遠慮なしに、あやねの肩を抱き寄せる。

「ぼくがあやねさんとふたりでこの辺りを回るからさ」

「それはいい案です！」

さゆみが横から顔を出し、太白の腕に飛びつくようにしがみつく。

「奥さまは、どうか気兼ねなくその方と観光してください。太白さんは、わたしがご案内いたします。なんなら、うちのホテルに太白さんだけ泊まっていただいても」

「そうそう。あやねさんのことはぼくにまかせて、遠慮なく」

「いやです！」「それは駄目です！」

あやねと太白は同時に叫び、はっと顔を見合わせる。

「あの、ですね」

太白は眼鏡のブリッジを押さえ、冷静に口を開く。

「これは新婚旅行です。正直、邪魔をされたくはありません。さゆみさんにも、相談があるとうかがったので、同行したまでです」

あやねはそっと太白を見上げる。ブリッジを押さえる手の陰で、心なしか、頬が赤く染まっている。

（太白さんも、おなじ気持ちだったんだ）

「そうです、そうですよ」

あやねも必死にいった。

「しかも、スケジュールの合間でやっと取った休暇なんです。ふたりきりでいられる時間は、一泊二日しかないんです」

「……ひどい」

ふいにさゆみは、綺麗な顔をくしゃっとゆがめた。

「ひどい、ひどいです」

「ひどいって……」

「ほんの少し、太白さんにご相談したいっていっただけなのに。あなたはいつだって太白さんと一緒にいられるじゃないですか。わたしなんか、頼れる優しい父は入院して、厳しい母には総支配人の仕事もさせてもらえなくて……！」

わっ、とさゆみは泣き出してその場にしゃがみこんだ。

「あなたはいいですよね、好きな仕事につけて、好きな男性と結婚できて。わたしは頼れるひとも信頼できるひともいない、家族にも見放されて、仕事もお飾り。有能なあなたには、こんなつらさなんてわかりっこありません」

しゃがみこんで泣いている着物姿のさゆみを、通りすがりの観光客たちがけげんそうに眺めていく。同行者として、なかなかいたたまれない状況だ。

困ったな、とあやねは手を差し伸べた。

「鈴川さん、とりあえず、どこか休憩できるお店にでも」

「やめてください、自分だけいいひとになろうとして」

あやねの手を、さゆみは強く振り払った。

いちいち芝居がかったひとだなあ、とあやねは呆然と見下ろす。どう対処していいものか、接客業のプロのあやねにも対処の仕方がわからない。

「じゃあ、四人で観光しようよ」

晴永の明るい声が響いた。

「その〝相談〟とやらが終わるまで、ぼくとあやねさん、彼と君の二組で、行動すればいい。名案だと思うけど？」

「まったく、思いませんね」「わたしたちの話、聞いていました？」

太白とあやねが抗議するのを、晴永はそっとささやく。

「午後の一、二時間くらい、ゆずってあげようよ。彼女のいうとおり、夫婦の君たちはこれからもずっと一緒なわけなんだからさ。……何事もなければね」

そういって、晴永は意味ありげな笑みをあやねに向ける。

〝君たちの結婚って、なにか後ろ暗いところが……〟

先ほどの言葉を思い出し、あやねは言葉に詰まる。

いつ、契約が切られるかわからない。だから少しでも長く太白と一緒にいたい。そんな気持ちを見透かされたような気がした。

「それにこのままだと、もっと面倒なことにならないかな。系列の老舗有名ホテルなら、関係を悪くするのは不味いと思うけど？」

「僕としては、面倒事はごめんです」

太白が、困惑気味にも冷静にいった。

「関係を悪くさせようとしているのは向こうではないかと」

「……わかりました、四人で観光しましょう」

「あやねさん⁉」

驚いて見下ろす太白に、あやねは目をそむけて答えた。

「この先……何事もなければ、一緒にいられます。旅行だって、またこられるかもしれない。でも、鈴川さんはなにか切羽詰まっておられるようですから」

「僕に彼女の相手をしろというのですか」

太白の声には、かすかだがどこか非難の響きがある。あやねはむっとして、そっけなく答えた。

「同級生なら、お話の糸口は色々あるんじゃないでしょうか。わたしがお相手をしても、逆上されるだけなので」

「そうですか、わかりました」

太白の返事も口調もそっけなかった。あやねはずきりと胸が痛む。

「お話、まとまりました？」

けろっとした顔で、さゆみが小さなバッグに化粧ポーチを入れながら歩いてくる。こちらの様子をうかがって、素早く化粧直しをしたらしい。

したたかだなあ、とあやねは呆れながらも感心する。

「それじゃ、早速行こうか。まずはどこへ？」

すかさず晴永があやねの肩を抱いて嬉しそうにいった。

「そうですね、ここから徒歩なら五大堂でしょうか」

さゆみも太白の腕に抱きついて笑顔で答える。

気まずそうにあやねは太白を見るも、彼は固い表情で目をそらしている。自分の選択を悔やんだが、口にしてしまったものは、もうどうしようもない。

「五大堂は透かし橋が有名ですけれど、縁結びで名高いんですよ」

「それはいいね、あやねさんとの縁を固くしておきたいな」

あやねの心境などそ知らぬふうに、晴永もさゆみも楽しそうだ。いっそ、彼ら同士で観光してくれればいいのに、と吐息する。

(でも、太白さんの立場的に関係先をむげにはできないし)

自分の判断は誤っていない。太白の立場を有利にするのが契約条件だ。だからこれは業務の一環だ。なのに、そう考えれば考えるほど、胸のうちは重苦しくなる。

海沿いの道路から見る松島湾は、変わらずに青い。

けれど、ふたりきりの車中から眺めたときと比べると、あやねの目にはまるで真冬の海のように色あせて映る。

楽しそうに語りかける晴永の声も耳に入らず、目の前を行く太白たちを目に入れたくもなくて、あやねはうつむく。

(そういえば、蛇ヶ崎さんも大切な話があるっていってたな)

狐からの大切な話とは、妖かし絡みだろうか。しかしそれを太白に相談する余裕もない。あやねは悄然(しょうぜん)として肩を落とし、とぼとぼと歩きつづけた。

五大堂は観光客でにぎわっていた。平日といえど、さすが日本三景がひとつ。

仙石線松島海岸駅より徒歩約八分、五大堂は小島にある仏堂だ。

九世紀初頭、坂上田村麿が建立した毘沙門堂が前身で、不動・降三世・軍荼利・大威徳・金剛夜叉の五大明王の像が安置されていることから、五大堂と呼ばれている。現存しているのは伊達政宗が再建した、東北最古の桃山建築だ。

お堂のある小島と、そのあいだにもうひとつ小島があり、ふたつの〝透かし橋〟でつながれている。

「透かし橋、という名前のとおり、橋桁の隙間から海が見えるんですよ」

さゆみのはつらつとした声が海風のなかに響く。

「いまは縦に板が渡されていますけれど、もともとは、はしごみたいな形で、もっと海が真下に見えたんですって。でも、それじゃ怖くて渡れませんよね」

先ほどまで泣いていたのが嘘みたいな元気ぶり。だがそうして明るく話していると、母親の陰に隠れていたときよりずっと魅力的だ。

「あやねさん、大丈夫？　海がすぐ足元に見えるから怖くないかな」

鮮やかな朱塗りの透かし橋を渡りながら、晴永が優しく尋ねる。

「いえ、逆に面白いです、こういう橋」

「残念だなあ。頼ってくれてもいいのに。そういうところがいいんだけど」

といって、晴永は前を歩く太白とさゆみに目をやる。

さゆみは太白の腕にすがり、目を輝かせて話しかけている。太白も穏やかな表情で答えていた。はたから見れば、美男美女で似合いのカップルだ。

見ているのがつらくて、あやねは目を落とす。橋桁のあいだから見えるざわめく水面、まるで自分のいまの胸のうちのようだ。

「そんなに落ち込むなら、どうして最後まで突っぱねなかったのかな」

呆れ半分からかい半分の口調で、晴永がいう。

「あんな我がままお嬢さまなんて、放っておいたらよかったんだよ」

「鈴川さんとの関係を良好にしておくべきと焚き付けたのは、藤田さんですけれど」

「へえ？　事実婚でも、結婚してるんだよね。なのに、なぜそんな焦ってるの。配偶者は自分だって、堂々と構えていれば？」

「……面白くないって、思ったらいけませんか」

あやねがむくれて答えると、晴永は大きく笑った。

「正直なんだなあ、そういうところ、意外と可愛いよね。でも」

晴永は身をかがめてささやいた。

「仕事してるときの、きりっとしてるあやねさんのほうが、ぼくは好き」

はっと目を上げると、晴永はいつもの軽薄そうな笑みを向ける。だが、こちらを見つめるまなざしはどこか真剣だ。

「いまは仕事中じゃないですし、わたしのプライベートなんてこんなものですし」

あやねはつい卑屈なことをいいかけたが、ふと思い直す。

ゲストから、自分やスタッフにお褒めの言葉をもらったら、どう返すだろう。そんなことありません、と謙遜して答えるだろうか。いいや、違う。

「でも、その……ありがとうございます、藤田さん」

あやねは素直に褒め言葉を受け取り、礼を伝える。

「わたしも、仕事しているときの自分がいちばん好きです」

「じゃあ、仕事モードになってほしいな」

「ビジネスライクな応対でいいんですか」

わざと澄まして答えてやれば、晴永はにっこりと笑った。

「あやねさんは仕事のときも親身で優しいから、望むところだよ」

てらいのない称賛に、あやねは言葉に詰まる。無意識に顔が熱くなって、あわてて頬に手を当てて目をそらすと、晴永は楽しそうにいった。

「そんなことで照れるなんて、やっぱり可愛いね、あやねさんは」

「照れてなんかいません。遅れますから急ぎましょう……ひゃっ」

　足を踏み出した拍子に橋桁の隙間につま先を引っ掛けてしまう。だが、すかさず横合いから晴永が手を握って支えた。

「照れてないのはわかってるから、気をつけて」

　珍しく優しい声音でいうと、晴永はあやねの手を引いたまま歩き出す。

「自分で渡れます、あの、困ります」

「またつまずいたら危ないからさ」

　あやねが拒んでも、晴永はかまわずに手を握る。結局、橋を渡り終えるまでずっと支えてくれていた。

「もう大丈夫です。ありがとうございます」

　どうにも釈然としないが、とりあえず礼を述べて、あやねは頭を下げる。

「おふたりって、仲がいいんですのね。まるで恋人同士みたい」

　すでに渡り終えていたさゆみが、見せつけるように太白の腕に身を寄せる。

　太白は目を伏せ、こちらに目を向けようとはしない。気まずいのか、不機嫌なのか、彼の伏せたまなざしからはなにも読み取れない。

あやねの胸に、また重い雲がかかる。

「へえ、いい眺めだね！」

晴永が嬉しそうに小島を囲む手すりに歩み寄った。

お堂のある小島は海に張り出していて、広々と松島湾が見渡せる。青い水面を見晴かせば、晴れ晴れとした心地になった。

「っていうか、これが五大堂か。ずいぶん古いものだね」

お堂を見上げて晴永は感心したようにいった。

確かに、政宗公が建立したものならゆうに四百年以上は経っている。長く風雨にさらされ、木肌は色あせているが、屋根の下の十二支をかたどった透かし彫りなど、細かな意匠は見事なものだった。

「ちょっと、周りを見てくるね」

そういって、晴永はお堂の周りを歩き始める。ぽつんと取り残されたあやねは、手持ち無沙汰で居心地が悪い。といって太白たちの近くにいくのも気が進まない。

少し離れた場所で海を眺めようと歩き出したときだった。

「太白さん、よかったらこのあと、遊覧船に乗りません？」

折しも沖をよぎる白い船を指差して、さゆみがねだる声が聞こえた。

「船から眺める松島湾も、素晴らしいんですよ」

「船……ですか」

答える太白の声を聞き取り、これはまずい、とあやねは振り返る。

実は虚弱体質の太白は乗り物にも弱い。先月、業務に関連して蔵王山頂までバスで行ったところ、彼は散々に乗り物酔いしてしまったのだ。この松島にきたときのように、自分で運転するなら平気というのだが。

しかも、半妖の彼は人間の薬が効かない。船なんて乗ったら、いったいどうなってしまうのか。もしかして、バスよりひどいことになりはしないだろうか。

「それは駄目です、船なんて」

黙っていられず、あやねは彼らの話に割り込んだ。さゆみはあからさまに不快そうな顔で振り返る。

「駄目って、どういうこと。あなたにはいってませんけど」

「それは……その」

あやねは言葉を濁す。太白が虚弱体質で船酔いする、なんて話していいものか。観光客もいる場所だ。誰が聞いているかわからない。この地の妖かしを統べる高階家の次期頭領として、敵対するものたちに弱みを握られたら不利ではないか。

「だ、駄目なものは駄目なんです」

上手い理由が見つからず、しどろもどろになるあやねに、さゆみは優越感たっぷりの顔で煽るようにいい返す。

「妬いていらっしゃるんですか、奥さまなのに」

「そう考えていただいて、けっこうです。とにかく」

あやねは、きつい口調でさゆみにいった。

「これ以上、太白さんを振り回さないでください。太白さんにご相談があるとうかがったので、ご同行を許したんです」

また、ひどい、と泣き出すかもしれない。けれど、それでもかまわない、一歩も引かない、という覚悟であやねはいい切った。いまの言葉は、太白の弱みをごまかすための方便だけではなく、あやねの本心だ。

「申し訳ありませんが、さゆみさん」

太白も自分の腕からさゆみの手を外し、彼女を見下ろす。

「あやねさんのいうとおりです。〝ご相談〟とやらがないなら、ここで失礼させてください。僕らは、大切な新婚旅行の最中なのです」

太白も毅然としていった。ぐ、とさゆみは唇を嚙んで太白を見上げる。

いまにも泣き出すのではないか、とはらはらしながらあやねが見守っていると、

「……わかりました」

ふいにしおらしくさゆみは目を落とす。

「でも、あと遊覧船だけご一緒してください。ご相談は船上でします」

「しかし、それは」

「お願いです！」

必死の様子でさゆみは頭を深く下げた。

「奥さまもご一緒でかまいません。どうかお願い……お願いですから……」

あやねと太白は顔を見合わせる。

「いいと思うよ、それで話が片付くんだよね」

お堂の周りを回ってきた晴永が戻ってきて、話に加わった。

「御曹司、ちょっといいかな」

「僕は御曹司という名前ではありませんが」

「まあまあ、あのさ」

晴永が太白を手招きして、なにやら耳打ちした。太白は驚いたように眼鏡の奥の目をみはる。が、すぐにうなずいた。

「いいでしょう。気は進みませんが、仕方ない」

あやねは心配になって太白に歩み寄るとささやいた。

「太白さん、本気ですか。大丈夫なんですか……船」

「大丈夫、とはまったくいえませんが」

すでに青ざめている太白の顔を見て、あやねは不安をつのらせる。

「それでも、これで彼女から解放されるなら行くしかない。あやねさんにもこれ以上迷惑はかけられません」

そういって、太白はさゆみを振り返る。

「では、さゆみさん。行きましょうか」

「はい！」

先ほどのしおらしさを吹き飛ばし、さゆみは満面の笑みで太白の腕に抱きつく。あやねはまた、むっとなってしまった。

「はいはい、そういう顔しない」

晴永があやねの肩を抱き寄せる。あやねはその腕を外しつつ尋ねた。

「さっき、太白さんになにを耳打ちされたんですか」

「お互いの仕事について」

「仕事って……そういえば、藤田さん」

はたとあやねは思い当たる。

「この近辺で出没する妖かしの調査にこられたといってましたね。太白さんも、この地に不穏な気配があるといっていたんです。その妖かしはどんな悪さを？」

「悪い妖かしって決めつけてるんだね。妖かしの配偶者なのに」

「悪さをするから、あるいは異変があるから、調査が必要なんでしょう」

ちくりとした皮肉にも動じずにあやねが問いただすと、晴永はにっこり笑った。

「あやねさんには敵(かな)わないな、お見通しか。実はここ一ヶ月ほどのあいだ、この松島で人間が立て続けに行方不明になっているんだ」

「行方不明……!?」

不穏な言葉に、あやねは身がすくむ。

「太白さんから、異変の噂を聞きました。もしや、それのことですか」

「さすが高階の御曹司、秘密裏の話なのにね。それで、ツアー客のうちカップルや夫婦の二人組、わかっている範囲ですでに五組以上が失踪している」

「五組って十名以上!? そんな、そこまでの被害がなぜ騒ぎにならないんです」

「それが変な話なんだ。ツアー客といったよね」

不安げなあやねをなだめるように晴永は話す。

「彼らのツアーは東京発。ホテルグランデ松島に二泊三日で宿泊し、チェックアウト。東京駅での解散までなんの滞りもなし。ところがその後、彼らはいつまで経っても帰宅しない。さらに行方不明者の住所は、千葉、神奈川、埼玉、東京と各県バラバラ。だからタイムラグがあって、ひとまとめの異変として騒ぎには至らなかった」

「ではなぜ、藤田さんはその異変のつながりを知ったんです」

「単純な話さ。行方不明者のなかに、陰陽寮の関係者の親族がいたんだ」

晴永は肩をすくめる。

「陰陽寮で手分けして調べた結果、共通点が松島行きのツアーとわかった。でも旅行会社に不審な点はない。それでさらに調査したら、みんな〝福浦島〟へのオプショナルツアーに参加していたんだ。だから手がかりがその島にあるかもって」

「福浦島……それって、もしや松島湾にある島ですか」

「陸から歩いていけるよ。でもフェリーで近くを通るから、まずは海上から偵察」

晴永はこれ見よがしに吐息する。

「今回の調査は、宮城の地に縁があるだろうって、陰陽寮の爺さんどもから命じられたんだ。しかも三峰の力を借りず、ぼく単独で手がかりを見つけろって」

三峰とは、強大な力を持つ山犬の妖かしで、最近、晴永と協力関係を結ぶことになった。その経緯に、あやねと太白は成り行きで手を貸している。

「要するに、父の跡を継げる力量があるかどうか、試されてるわけさ。というわけで、なるべくあやねさんを巻き込みたくはないけれど」

ちら、と晴永はさゆみに馴れ馴れしく抱きつかれる太白に目をやる。

「高階の御曹司がいるんじゃ、向こうから妖かしが寄ってきそうだ。でも安心して、ぼくがちゃんとあやねさんは守るからね」

澄ました口調だが、あやねは逆に不安がつのる。けれどそれ以上を話す前に、太白が呼び止めたタクシーが目の前に停車した。

◆

海に突き出た長い埠頭に、赤いラインの入った遊覧船が停泊している。

かなりの大型船で、定員は三百名とか。大きい分安定性もありそうで、懸念していた揺れは少なそう。幸いに今日は好天で、風も波も穏やかだ。

太白の船酔いもひどくはならないはず、とあやねがほっとしたときだった。

「せっかくですから、貸し切りの小型船にいたしました！」

さゆみが嬉しそうにチケット売り場から戻ってきた。

「大型船だと、座礁の危険があるので大まかにしか回れませんけれど、小型船なら小さな島まで近寄れるんです。時間もたっぷり、六十分ですから」

得意げなさゆみだが、あやねは内心血の気が引く想い。

恐る恐る太白をうかがうと、すでに蒼白で表情がない。これは駄目だ、とあやねが
「あの、鈴川さん。やっぱり……」と制止しようとしたとき、

「あれ、高階の御曹司、なにか顔色悪いね」

晴永がからかうように声をかけた。

「もしかして、船が怖いとかじゃないよね？　次期頭領ともあろう者が」

「ははは、まさか。そんなわけはありません」

あやねが止める前に、太白は虚勢を張って答えた。晴永はにやっと笑うと、さらに煽るように言葉を重ねた。

「そうだね、ぼくの思い過ごしだね。じゃあ、せっかくの貸し切りだ。六十分、いい眺めを堪能しようか」

「むろん、望むところですよ」

ははは、ははは、と太白と晴永は笑い合う。太白の無理やりな虚勢の張り方に、あやねはもう気が気ではない。

「太白さん、これ、気休めかもしれませんが」

こっそり近寄って、バッグのなかの酔い止め薬を差し出す。遠出とあって、虚弱体質な彼のために、念のため色々と用意しておいたもののひとつだ。

「いえ、大丈夫です」

しかし太白はきっぱりとその手を押しやった。

「人間の薬は、半妖の僕には効きませんので」

「でも、それじゃ……」

「ご安心を。僕の失態を期待する輩の前で、みっともない姿など見せません」

太白の目は闘志に燃えているが、あきらかに目的がすり替わっている。あやねはそっとバッグのなかのエチケット袋を確かめて、吐息した。

小型遊覧船は、定員十二名。

白地に赤いラインは、大型の遊覧船を小さくしたよう。内部はお座敷で、定員が少ない分水面も近く、くつろいで景色を眺められそうだ。

くつろいで見られる状況ならば、だが。

「わたし、何度も貸し切りでこの小型船に乗っているんです」

さゆみが窓辺ではしゃいだ声を上げる。

「松島湾には、様々な形の小島が浮かんでいるんですよ。ホテルのお客さまにご案内できるかなって、ガイドの勉強もしています。もっとも……」

哀しそうに、さゆみは膝に目を落とす。

「母がぜんぶ取り仕切って、ガイドなんてしたことありませんけれど」

あやねはふと、同情の想いを抱く。

甘やかすばかりの父親と、強権的な母親。仕事らしい仕事もさせてもらえず、名前だけでお飾りの役職。泣きわめいて我がままを通そうとするのも、それ以外の方法では聞き入れてもらえなかったからかもしれない。

彼女の相談というのは、やはり仕事絡みではないか。

青葉の次期総支配人なら、系列に入った傘下のホテルの人事に介入してもらえるかもしれない、という期待があっての秘密裏の〝相談〟かもしれない。

(もちろん、これは憶測でしかないけれど……)

あやねは注意深く見守ることにした。ことは青葉の経営にもかかわってくる。

小型遊覧船が出港する。波を蹴立てて、船は沖へと向かう。

小さな船だが、客はあやねたち四人のみ。お座敷はゆったり座れて居心地がよく、窓からの眺めも、青い水面が近くて気持ちがいい。

やがて行く手にいくつもの小島が見えてきた。

「左手に見えるのが、双子島です」

緑の木々を載せたふたつの小島を指して、さゆみが張り切った様子で説明する。

「船の右手に見えるのは、雄島。松尾芭蕉の奥の細道で有名な島です。双子島と雄島のあいだを通れるのは、小型船だけなんですよ」

「島のひとつひとつに、名前があるんですか」

「ええ、由来も様々ですし、島の特徴をとらえた名前もあります」

あやねの問いに、さゆみは嬉しそうに答える。

「煙草入れの胴乱に似ているからドーラン島、伏せた兜や、鎧の肩掛けを思わせるからかぶと島やよろい島。仁王像を思わせる奇怪な形より仁王島……。大型遊覧船の『仁王丸』は、ここから名付けられたんです」

「すごいですね、島の名前、ぜんぶ覚えているんですか」

さゆみのよどみない丁寧なガイドに、あやねは感嘆のまなざしを向ける。

さゆみも嬉しそうに「大したことじゃありません」と謙遜する。

「ふうん、奇岩、奇景で面白いね」

晴永も、興味深そうに目を輝かせて窓の外を眺める。

「ただの綺麗な海ってだけじゃないんだ。さすが、日本三景のひとつ」

「そうでしょう。もっと進むと色んな島が見えてきますよ」

三人は、わきあいあいと景色を堪能する。だがただひとり、座敷の隅で沈黙している者がいた。

むろん、それは太白。

蒼白の強張った面持ちで、真っ直ぐ正面の壁を見据えている。まるで修行僧だ。

「太白さん、そんな壁際じゃなくて、窓際にいらしてください」

さゆみが寄り添って誘うが、太白は前を見つめたまま答える。

「いえ、ここで大丈夫です。景色はちゃんと見えます」

首を動かすどころか眉すら動かさない。少しでも動いたら酔いが襲ってくるのだろう。これはまずい、とてもまずい。あやねは背筋が冷たくなる。

「さゆみさん、あの島はなんですか。すごく変わった形してます」

必死に話をそらそうと、あやねは窓の外を指差す。

「ああ、あれが先ほど名前を上げたかぶと島ですよ」

自分の知識を披露できるのが嬉しいのか、さゆみはいそいそと説明してくれる。

「波で削れて白い岩肌が見えるのが面白いですよね。コースの中間辺りにある仁王島も、独特でとても不思議な形をしているんです」

「さゆみさん、独学でガイドの勉強を？」

「ええ、県の観光検定を受けたり、英語が得意ですから全国通訳案内士の資格も取ったりしました。……活かせる場所なんて、どこにもないんですけれどね」

自嘲気味にさゆみはつぶやいた。淋しげな横顔に、あやねはふと考える。

（差し出がましいけれど、やっぱり訊いてみようか）

相談とはなにか。悩んでいることはなにか。仕事絡みなら、自分でも役に立てるかもしれない。しかし、うかつに訊けばまた癇癪を起こすかもしれない。

「だったら、親元を離れればいいんじゃないかな？」

あやねが迷っていると、遠慮のない晴永がずばりといった。

「そんなふうに、ことあるごとに文句ばっかりいうんだったらさ」

「なにをおっしゃるんです」

とたん、さゆみが気色ばむ。

「ホテルグランデ松島の総支配人のわたしが、この地を離れられるとでも？」

「けどさ、見るかぎりただのお飾りじゃないか」

「なっ……！」

怒りで真っ赤になるさゆみに、晴永はずけずけと話す。

「自分でもわかってるんだよね。活かす場所がないとか、お母さんが取り仕切ってるとか。だけどお飾りでも高給もらってるんだから、いいんじゃないのかな」

「勝手なことばかり。部外者のあなたに、なにがわかるっていうんです！」

「わかるよ、少しはね」

憤るさゆみをよそに、晴永は船の窓辺から青く美しい海を眺めやる。

「親の名声や威信につぶされる子どもがいる、ってことくらいはさ」

ふと、あやねはこの場を見回す。

晴永だけではない。さゆみも、そして太白もまた、親ないしは祖父の名声に押しつぶされかねないほどの大きな圧力を受けている。

「……でしたら、そんなに簡単ではないのは、おわかりでしょう」

さゆみが震え声でいうが、晴永は肩をすくめる。

「使えるものはみんな使って、戦うしかないんじゃないかな。少なくとも、ひと前で泣きわめくよりはずっとマシな方法があると思うけど」

　さゆみは真っ赤になって押し黙る。

が、すぐに顔を上げて座敷の隅に座っている太白ににじり寄る。

「太白さん、この方、勝手なことばかりいって、ひどいと思いませんか！」

　しかし太白は蒼白のまま微動だにしない。かと思ったら、「ギギギ……」とまるで壊れたロボットのように首を動かした。

「そう、ですね。僕も、そう、思い、ます」

　受け答えもまるでロボット。あやねは真っ青になる。

　これはまずい。まさに臨界点。座敷が大惨事になるか、あるいはさっき食べたばかりの絶品ランチが魚の撒き餌になる危険がすぐそこに。

「すみません、さゆみさん」

　イケメン台無しの危機に、あやねは急いで割って入る。

「思い切っておうかがいしますけれど、太白さんにご相談というのは、ご両親とのことですか。経営に関してなら、お力になれるかもしれませんから」

「あなたに、なにができるんです」

　さゆみはキッと眉を逆立ててにらみ返す。

「太白さんと結婚できたからこそ、企画営業部のチーフといういまの役職につくことができたんでしょう」

正確には、企画営業部内のブライダル＆パーティ部門のチーフです、という細かい訂正はやぶ蛇になりそうで、あやねは呑み込む。それにさゆみの言葉は間違ってもいない。太白との契約結婚で、青葉グランドホテルに転職できたのだから。

「……まあ、そういうことになりますね」

「堂々と身内人事を認めるんですね、図々しい」

さゆみは腹立たしそうに吐き捨てる。そこに晴永がさらっと口を挟む。

「身内人事はお互いさまじゃないのかなあ、総支配人さん？」

「な、な……あなた、さっきから勝手な、ひどいことばっかり！」

「藤田さん、申し訳ありませんが、少し黙っていていただけますか」

晴永に釘を刺すと、あやねは涙ぐむさゆみに向き直る。

「わたしについてはともかく、さゆみさんをお助けしたいという気持ちは本心です」

「どうしてそんなことがいえるんです！　初対面なのに！」

どうして、と正面から返されると困るが、あやねは少し考えて口を開いた。

「初対面のゲストの方でも、誠心誠意おもてなしするのが、ホテルの仕事です」

　さゆみは一瞬押し黙る。が、すぐにムキになっていい返してきた。

「わたしは、あなたのゲストじゃありません」

「そのとおりです。ただ、わたしはそういう考えが身に染み込んでいるだけです」

「……あやねさんは」

　弱々しくぎこちない声が響く。

「あやねさんは、僕と、結婚したから、チーフになったのでは、ありません」

「太白さん⁉」

　あわててあやねは太白のそばに寄る。

「無理にしゃべらないほうがいいです、少し休んで……」

「僕が……彼女の能力に惚れ込んで、頼み込ん、だ、のです。どうか、僕の伴侶に……パートナーになってくれ、と」

　ふらふらになりつつも、太白は言葉を重ねる。あやねはふと、胸をつかれる思いがした。弱っているときだからこその本音。そんな掛け値なしの賛辞が心に響く。

（さゆみさんにいわれたこと、どこかで卑屈に思ってたのかな）

　太白との契約結婚で得た仕事。それは正しく能力を見い出されたからだが、なにも知らない傍（はた）から見れば、身内びいきと思われても当然だ。

けれど太白はいつも、きちんとあやねを評価してくれる。見た目ではなく、常に内面を見てくれる。それがどんなに嬉しいことか。あやねはじんと胸が熱くなった。

「いまの役職は、間違いなく、彼女自身の実力と能力の、ため、で……」

「た、太白さんっ⁉」

最後までいい切って、太白がぐらりと斜めに倒れた。

◆

「あーあ、最後までコースを回れなかったなあ」

ホテルグランデ松島のロビーラウンジのソファで、晴永は伸びをする。

「御曹司のやせ我慢のせいで、ね」

「藤田さんが煽るようなことをおっしゃったせいです」

晴永の皮肉に、向かい側に座るあやねはむっとしていい返す。

太白が船酔いでダウンしたため、一行はクルーズを中止して桟橋に戻り、タクシーでホテルまで戻ってきた。

その太白は、あやねの膝に頭を乗せてダウン中。

額には冷えピタを貼り、顔は蒼白で息も絶え絶えだ。タクシーの車酔いが追い打ちをかけたらしい。あやねは心配で心配でたまらない。とはいえ、正体がとても恐ろしい鬼とは思えない弱りぶりが、なにか可愛くも思えてしまう。

「結局、福浦島の海上からの偵察もできなかったしさ」

晴永がぶつぶつとこぼす。

「地上から行くしかないかな。あっ、そうだ、あやねさん」

「……なんでしょうか」

がば、と晴永が身を起こしたので、あやねは警戒しながら答える。

「福浦島に、僕と一緒に行ってくれない？」

「はい？」

あやねは眉をひそめた。

「どうして藤田さんにお付き合いしなくてはいけないんですか」

「だって暇でしょ。御曹司がこんな有様（ありさま）じゃ」

「暇じゃありません。太白さんがこんな有様で、そばを離れられますか」

「でも彼のせいで偵察が駄目になったんだしさ」

痛いところをつかれて、あやねは返す言葉に詰まる。

「お部屋、ご用意できました！」

折り悪しく、さゆみがホテルマンたちを連れて戻ってくる。

「太白さん、これでゆっくりお休みになれますよ」

「高階さま、どうぞこちらへ」「どうぞ、つかまってください」

「い……や、僕、は……けっこうで……」

弱々しく抵抗する太白を、ホテルマンたちが抱きかかえて車椅子に乗せる。

「ちょうどいい、ぼくたち観光してくるからさ」

「待ってください、承諾した覚えはありません」

「どうぞごゆっくり。太白さんはわたしにお任せくださいね」

あやねの抗議をさゆみはさえぎり、ホテルマンたちに太白を運ばせようとする。

「ちょっと待った。まあ、なにかあったら連絡くれたらいいよ」

晴永が引き止め、太白のスーツのポケットになにかを入れた。

「あの、どこのお部屋ですか。せめて部屋番号だけでも」

あやねが引き止めるのに返事もせず、ホテルマンとさゆみは太白を車椅子に乗せて連れていってしまった。

「まあまあ、そう心配しなくても大丈夫」

　あやねの肩を抱いてぽんぽんと叩きながら、晴永がいった。

「まさか彼女も、御曹司の寝込みを襲ったりなんかしないだろうし」

「そんなこと、心配していません！　って、し、しませんよね……？」

「さあね、わかんないけど」

　白々しく肩をすくめる晴永を、あやねはにらむ。

「それと、太白さんのポケットになにを入れたんです。もしや式神ですか」

「うん、そう。あやねさんの、そういう鋭いところが好きだなあ」

「ごまかさないでください」

「……失礼します」

　ふいに、すっと人影が近寄ってきて、あやねはびくんと振り返る。背後にはあの和装の男性、蛇ヶ崎が立っていた。彼はにこやかに話しかける。

「いま聞こえてしまったのですが、もしや福浦島に行かれる？」

「なにか、知ってるの」

　晴永がおなじく笑顔で尋ねる。しかし、どことなくその笑みは不穏だ。

「わたくしの個展へいらしていただけますか。寂しいことに、いまお客さまが誰もおりませんので。よろしければ、そこでお話しいたしましょう」

蛇ヶ崎は、ひんやりとした笑みをあやねにも向ける。

「高階の奥さまにも、お話ししたいことがございますので」

『蛇ヶ崎偶人・創作人形展』

一階のロビーの奥にあるホールの前には、そんな立て看板。

人形展とは、どんなものだろう。古い着物をアレンジしたというなら、レトロな作品だろうか。そう思いつつ入ってみれば、意外に現代的な個展だった。

シックな黒い床、品のいい間接照明、無垢(むく)材の大きな額縁様式の棚に置かれた人形たち。それ以外にゴテゴテとした装飾はない。ふつうのギャラリーのようだ。

人形たちは様々な容姿をしたリアルな造り。身につけているものも、生地こそ古い着物のようだが、ドレスだったり、ワンピースだったり、スーツだったりと、どれも洒落(しゃれ)た洋風の衣装だ。

だがいわれたとおり客はあやねたちだけで、ずいぶん閑散としている。

「無名のわたくしの個展でございますからね、お客もなかなか入りませんで」

あやねの目線を読み取ったように蛇ヶ崎がいった。

「へえ。それでよく、こんなホテルのホールを貸し切りできたね」

晴永が皮肉をこめて尋ねると、蛇ヶ崎はさらりと答えた。

「なに、いってみれば道楽ですから」

「つまり、金持ちの趣味ということ？　よくできた人形だけど、興味はないんだ。それで、福浦島がなにか？」

「人間たちの行方不明事件についての調査かと、思いましてね」

あやねはかすかに息を呑む。蛇ヶ崎は意味深な笑みで続ける。

「一連の異変は、福浦島に巣食う『お大師さま』が原因でございますので」

〝……この地には、『お大師さま』と呼ばれる強大な妖かしがいます〟

太白の言葉が脳裏によぎり、あやねは血の気が引く想いがした。

「単刀直入に申し上げましょう。お願いがございます」

笑みを絶やさず、蛇ヶ崎はいった。

「お大師さまを、退治していただけませんでしょうか。あれの暴挙に、我らも迷惑をこうむっております。お願いを聞いていただけるなら……」

蛇ヶ崎は、なにやら含みのある目であやねを見つめた。

「我らは、高階の次期頭領にお味方しなくも、ございませんよ」

2　狐と狸のばかし合い

福浦島入り口までは、仙石線松島海岸駅より徒歩約十分。

島に渡る橋の手前には小さなカフェ兼券売所がある。そこで入場料金二百円を払うと、奥の出口から橋へと通り抜けられるのだ。

「久しぶりのお客さんですね。何日ぶりかしら」

券売機で入場券を買い、店員に渡すと、そんなことをいわれた。いぶかしさに、あやねはついつい尋ねてしまう。

「最近、観光の方は来られないんですか。有名な観光場所と聞いてますけど」

「なにか、妙な噂が立ってしまって」

「うわさ……」

「出会い橋で出会った男女が行方不明になったとか、島に渡った観光客がなかで迷子になって島から出られなくなるとか」

あやねと晴永は顔を見合わせる。

「あくまで噂ですよ、チケットと戻った方の数は確認してますのでね」

店員に見送られ、ふたりは奥の出口から出る。

目の前に、〝出会い橋〟と呼ばれる朱塗りの橋が現れた。まばゆいほど青い海にかかる朱塗りの橋は、その名のとおりロマンチックな風情がある。

「太白さん、大丈夫なんでしょうか」

ここに太白ときたかったな、と思いながら、あやねはつぶやいた。

ホテルからタクシーでやってくるあいだに、いつしか風が強くなっている。海は青く輝いているが、不穏に波はざわめいていた。

「なにかあったら式神が教えてくれるよ。といっても」

意味ありげに晴永は美しい笑みを向ける。

「あくまで身の危険の場合だから、御曹司が彼女に襲われてもわからないけど」

「で、ですから、そんなことを心配してません！」

「ほんと、ちょっと過保護なんじゃないのかな」

呆れた口調で晴永はいう。

「正体は恐ろしい力を持つ鬼なんだ。心配することもないと思うけど。そういうギャップに惹(ひ)かれてるのかな。それとも」

意地悪そうな目を、晴永はあやねに向ける。

「あのお嬢さんがいうとおり、自分の地位を保障してくれるから？」

「いいえ、違います。でも……」

あやねはきっぱりと答えた。が、ふと目を落とした。

「仕事が続けられるのは太白さんのおかげです。そこは……否定はしません」

「下手に打ち消さないのが素直だね。利害の一致ってわけか」

「利害の一致？」

「そう。あやねさんは仕事がしたい、御曹司は有能なスタッフが欲しい。利害の一致での結婚。そこに、純粋な愛情っていうのはあるのかなあ」

痛い点を指摘され、あやねは言葉を失う。晴永は美しい流し目で見返した。

「面白いよね、結婚について突っ込まれるとまともに答えられなくなる」

「思い過ごしです。それに、プライバシーを侵害するような質問に答えたくありません。そんなことより、島に渡らないなら帰らせていただきます」

「ごめん、ごめん。そう怒らないで」

といって晴永は、秋ジャケットの胸元からひらりと人型の紙を取り出す。

晴永が人型にふっと息をかけると、それは一羽の鳥に姿を変えた。鳥は晴永の周囲をはばたいてくるりと一周して、つう、と橋のほうへ飛んでいく。

「午前中、陸から観察してみたけれど、やっぱり遠すぎたんだよね」

間もなく、鳥は何事もなく戻ってきて、晴永の差し伸べる手のひらに止まる。再び紙に戻った式神をしまい、晴永はあやねを振り返る。

「橋っていうのは、〝境〟なんだ。安倍晴明(あべのせいめい)が式神をひそかに隠すように住まわせたたのも、一条戻り橋(いちじょうもどりばし)。あの世とこの世の境ともいわれる場所さ」

晴永は一歩足を踏み出し、橋板をとんとんと靴裏で叩く。

「橋を渡るくらいは大丈夫そうだね。というわけで、行こうか」

「ふつうの人間のわたしが行って、なんの役に立つんでしょう」

「あやねさんの観察力は飛び抜けてる。それに気づかない？」

からかう声音でありながら、晴永のまなざしは真剣だ。

「観察力だけじゃない、交渉力もね。あの我がままお嬢さんへのアプローチも、なかなかいい感じだったな」

「妖かしに人間の交渉力が通じるとは思いませんけれど」

「ご謙遜を。妖かしまみれのホテルで働いているってのに。それにさ」

晴永はとろけるような、しかし意味深な笑みを浮かべる。

「上手くやれば、御曹司のお味方も増えるわけだしね」

気になるところをつかれて、あやねは唇を引き結ぶ。

晴永は素知らぬ顔で「では、参りますか」と足を踏み出す。

ふたりは相前後して、緑の島へとつづく長い朱塗りの橋を渡り始めた。

午後の陽にきらめく水面が美しく、遠くの島々もよく見える。さえぎるものがないせいで風が強くて冷たいのが少々つらいけれど、いい眺めだ。

「これまでに聞いた情報を整理させてください」

橋を渡りながら、あやねは話し出す。

「行方不明者は全員、ホテルグランデ松島から、福浦島へのオプショナルツアーに参加したんですよね。ツアー会社に確認したら、それが最終日だったとか」

「うん、そのとおり」

「島入り口のカフェの方は、出入りした人数は一致しているといっていました。そして陸から渡る方法は、あの橋だけです。でも」

あやねは難しい顔で手のなかのスマホに目を落とす。

「ネットで検索してみたんですが、島には船着き場があるので、船があれば橋を通らなくても出入りできます。とはいえ、手軽に利用できる橋があるのに使わないのは変ですし、人数が一致しているなら船で出入りしたはずがありません」

うん、とうなずく晴永に、あやねは話を続ける。

「ですから、やはり東京に戻ったあとで行方不明になったか、もしくは」

「もしくは？」

「……わたしの知らない、妖かしの力が関与しているか」

晴永の瞳が、ふと輝いた。あやねはそれを見上げて話を続ける。

「これまで見聞きした印象ですと、妖かしは縄張りに敏感です。昔話でも、とある地点に差し掛かったときに怪異が起きる話はいくつもあります。いま起きている異変が島内か島外かわかりませんが、妖かしのしわざなら自分の縄張り内のはずです」

「うん、確かに」

「先ほど、藤田さんは〝橋は境界〟とおっしゃいましたね。でしたら、島と島外はこの橋で縄張りが区切られているはずです。そして、開けた場より閉ざされた場のほうが、結界とか縄張りの境界とかを作りやすいのではないでしょうか。なのに」

「なぜ、島の外でひとが消えると？」

あやねがうなずくと、晴永は嬉しそうに目を輝かせた。

「さすがあやねさん、こんな短時間でそこまで見通せるなんて。高階の御曹司がうらやましいよ。美しいだけでなく有能なパートナーでさ」

「大袈裟(おおげさ)です。これぐらい、藤田さんもとっくにお気づきなんでしょう」

「まあね、でも怪異と無縁のふつうの人間なのに、少し話を聞いただけで不審なポイントを見つけるのはなかなかできないよ……ちょっと待って」

いつしかふたりは、橋の終点まできていた。

静かな砂浜があり、そこから遊歩道がうっそうと茂った木々の奥へ続いている。晴永は再びポケットから人型の紙を取り出した。今度は、五つ。

宙に放つとそれは鳥となり、つうと島のなかへと飛んでいった。しばしして、四羽が戻ってくる。晴永は戻ってきた式神を手に乗せてつぶやく。

「東側と南北側と、中央部はだいじょうぶ、危険そうなのは西側か。島の西側ってなにがあるか、わかる？」

あやねはスマホの地図を見ながら答えた。

「ええと、船着き場と、弁天堂のようですね」

「よし、行ってみようか」

歩き出す晴永のあとに続いて、あやねも足を踏み出す。ふと、吹き付ける海風が冷たさを増した気がして、覚えず体が震えた。

島の遊歩道は石畳で舗装されていて歩きやすかった。

木陰が心地よく、ごく穏やかな島だ。怪異の片鱗も感じられない。

「特に、いまのところは怪しいものはなさそうだね」

途中の休憩所を通り過ぎつつ、晴永が周囲を見回してつぶやく。深い木立を抜ける石畳を歩いていくと、やがてベンチの設置された見晴らしのいい場所に出た。

「わあ、すごい」

思わずあやねは声を上げて、手すりに駆け寄る。

小高い場所からは、松島湾が一望できた。胸が晴れるほど真っ青な空と海とのあいだに浮かぶ、緑をいただく島々。その光景は天国のようだ。

本当に、どこのどんな場所から見ても、松島の海は美しい。だが、美しければ美しいほど、離れ離れの太白が気にかかる。

（太白さんがいっていた四大観にも行きたかったな）

あやねはしょんぼりと気分が沈む。

「そんなに目に見えて落ち込まなくてもいいのに」

「ひゃっ」

いきなり肩に手をかけられて、あやねは飛び上がりそうになる。

晴永は嬉しそうにあやねに顔を寄せると、ささやいた。

「いまはぼくとふたりきりなんだからさ。ぼくのこと考えてくれないかな」

「既婚者にいい度胸ですね」

あやねは肘で押しのけようとする。しかし肩を抱く晴永の腕は思いがけず強くて、どんなにがんばっても離れてくれない。

「ほら、あれが弁天堂かな」

晴永はあやねの肩を抱いて、背後を指差す。

不承不承目を移すと、そこには古びたお堂が建っていた。

お堂の壁は格子状になっていて、よく見ると格子のあいだに、小さな赤いだるまが並べられている。なぜ、だるまなんて……とあやねが見ていると、

「ここに恋人同士でお参りにくると、弁天さまが嫉妬して別れさせるんだって」

晴永がわざとらしく肩を抱き寄せてくる。

「面白いよね、出会い橋で出会わせておいて、カップルになると別れさせるってさ。まあ、神さまや妖かしにはそういう人間の理屈は通じないけれど」

「そうですけど、それより、妖かしがいそうな気配はありませんか」

馴れ馴れしい晴永からなんとか離れたくて、そう尋ねる。

　しかし、離れようとすればするほど、彼はあやねの肩を抱く力を強める。

「じゃあ、返ってこない式神をちょっと探してみようか」

　晴永はまた、鳥を四羽放つ。鳥は弁天堂の頭上を回り、海辺へと降りていく。晴永は海に面した手すりに近寄り、眼下を見下ろした。あやねものぞくが、生い茂る木々で視界がさえぎられ、海は見えても真下の光景はわからない。

「この下ってなにがあるんだろう」

「ええと、そこの地図だと、船着き場があるみたいですね」

　あやねが指差す手すりの近くに、島の地図の看板が立っている。それを見ると、もときた遊歩道の途中に海岸へ降りる小道があるようだ。

「おっと、戻ってきたかな」

　海辺に向かった式神が飛んできて、晴永の手に止まる。

「下はなにもなさそうだね。うーん、手がかりはなにもないなあ」

「戻ってきたのは、一羽だけですか」

「ほかのはまだ偵察に行ってるよ。大丈夫、そんな不安そうな顔しなくても」

　楽しそうに晴永はいうが、あやねは胸が重くなっていく。霊力も妖力も、あやねにはなにもない。なにかあっても感じ取れるわけではない。

なのにこの場にきてから生まれた違和感、それが徐々に大きくなっていく。

「ところで、おうかがいしてもいいですか」

違和感について考えながら、あやねは晴永に尋ねる。

「藤田さんがわたしを調査に誘ったのは、観察力とか交渉力とか、それだけのためじゃないですよね。いえ、そんなのわたしを誘う口実でしょう」

「へえ、なぜそんなこと疑問に思うのかな」

「だって、わたしは怪異に対してはただの人間ですし、って、ち、近いです!」

うっとりするほど美しい顔を寄せられて、あやねはたじろぐ。しかしそんなあやねのあごをつかみ、仰向かせて、晴永はほほ笑む。

「じゃあ、あやねさんとふたりきりになりたかった……っていうのは、どう?」

「だから、ごまかさないでくださ……あのっ、やめてくださ……」

あやねは半泣きで押しのけようとするが、晴永は強引に唇を近づける。

ふいに、ぴたりと晴永の動きが止まる。あやねも気づいた。

辺りは静かだった。波の音もなく風の音もない。梢のざわめきも消えている。

晴永が目線だけで周囲を見渡す。あやねも恐る恐る視線を移すと、弁天堂が目に入った。特に変わりはない。古びたお堂は静かに佇んでいる。

……いや。違う。

大きく変わったところが、一点だけ、ある。

旅行にくる前、あやねは少しだが松島について調べていた。

松島には瑞巌寺(ずいがんじ)という、伊達政宗公縁(ゆかり)の禅寺がある。桃山様式の粋を尽くした建築物が名高く、愛らしい小さなだるまのおみくじも有名だ。なぜだるまなのかといえば、禅宗の祖である菩提達磨(ぼだいだるま)にちなんでいるからなのだが……。

「いまから、遊歩道を全力疾走して逃げて」

耳元でささやく晴永の声で、あやねはびくりと我に返る。

「に、逃げるって、ふ、藤田さんは？」

「ぼくのことを気にする余裕なんてないと思うよ。……ごめんね、巻き込んで」

ふわり、と髪に触れる優しい手があったかと思うと、

「走って！」

背中をどんと押しやられ、あやねは転がるように走り出す。

混乱のまま無我夢中で走る脳裏に、先ほど見た光景がよぎる。

弁天堂の格子状の壁に並んでいた赤いだるまが、すべて消えていたのだ。そしてだるまといえば、禅宗の祖である菩提達磨こと、達磨大師(だるまだいし)。

〝一連の異変は、福浦島に巣食う『お大師さま』が原因でございますので……〟

蛇ヶ崎の言葉が耳のなかでこだまする。

なぜ蛇ヶ崎は、行方不明事件を知っていたのだろう。噂レベルで確たる証拠もなく、陰陽寮の陰陽師たちが手分けして調べ、やっと糸口をつかんだのに。妖かしだからという便利な言い訳もできるけれど、もし、それ以外の理由があるならば……。

橋の内と外。境界の内と外。なぜ異変はつながっているのか。

あやねは足を止めて振り返る。だが弁天堂は、木立に隠れて見えない。

そのとき、突如として轟く地響きが起こった。

地面が激しく揺れて、あやねはたまらず遊歩道の石畳に手をつく。

「ふ、藤田さん！」

弁天堂の方角へあやねが叫んだときだった。

巨大な影が、木立の向こうの遊歩道のうえに現れた。

◆

「太白さん、あの、大丈夫ですか……？」

ホテルグランデ松島のスイートルームで、さゆみがキングサイズのベッドの端に腰掛けて、そっと呼びかける。

真っ白なシーツがまばゆい広いベッドで、太白は横たわっていた。シャツの胸元をゆるめられた姿で、ぐったりと。さゆみはちょっと嬉しそうにほほ笑む。

「高校時代、あんな澄ました顔して、優等生で、近寄りがたかったのに、まさか船酔いなんかでダウンするなんて。可愛いところ、あるんですね。うふふ」

さゆみは手を伸ばし、太白の額にかかる前髪を払いのける。

しかし太白は目を閉じ、身動きもしない。さゆみは頰を染めて、顔を近づける。

「ね、太白さん。ご相談のことなんですけれど……あの」

迷うように、さゆみは言葉を区切る。

「あやねさんのいうとおりです。図星をつかれて、腹が立ったんです。わたしは、しっかりもしてないいし、仕事もできない。生まれがホテルの支配人の家だってだけ。あやねさんを見てると、なにもできない、させてもらえない自分が嫌になるんです。

……だから、太白さんに」

さゆみは太白に身を寄せて、訴えるようにいった。

「あやねさんと別れて、わ、わたしと……結婚、してほしいんです」

青ざめた太白へ向かって、さゆみはいい募る。

「家柄と職務上なら、わたしのほうが釣り合うはずです。あやねさんはいままでどおり、青葉のスタッフでいればいいんです。太白さんと一緒になれば、わたしだってお母さまたちのもとを離れて自立できるかもしれません」

「……」

もちろん、太白の返事はない。さゆみは悲しげに吐息して身を起こす。

「馬鹿なわたし。太白さんが聞き入れてくれるわけがないってわかってるから、起きているときにいえない。どうせ、わたしのことなんか」

唇を噛み、さゆみはうなだれる。

「ちゃんと見てくれるひとは……いないんです」

そのとき突然、太白のスーツの内ポケットからなにかが飛び出した。

「きゃあっ」

さゆみがのけぞって飛び退くとそれは一羽の鳥。

「え、と、鳥？　どうして⁉」

戸惑うさゆみの目の前で、鳥は太白の頰を翼や尾羽で打ち叩くように飛び回る。さゆみが呆気に取られて見ていると、

「は、あやねさん!?」

太白が飛び起きた。そこへ鳥が綺麗な鼻筋を目掛けてぶつかる。

「うわ、痛……な、なんですか」

『……福浦島……狐』

太白の鼻筋に止まり、鳥は紛れもない人語をささやく。その声はさゆみには聞こえず、太白の耳にだけ届く音だ。

『……橋を、つかうな』

鳥は羽ばたいて舞い上がり、ドアの開いた洗面所のなかへ入ると、ふっと気配が途絶えた。太白は恐ろしいほど険しい顔でそれを見つめる。

事態の飲み込めない顔で、さゆみが恐る恐る尋ねた。

「い、い、いまの、なんだったんですか」

「さゆみさん、福浦島に橋以外で渡る方法はありますか」

「えっ、福浦島？　なぜ、いきなりそんな場所へ？」

面食らうさゆみに、太白は必死の声で尋ねる。

「お願いします。あやねさんの一大事ですので」

「ええと、そうですね。小さな船着き場があるので、船で行けたはずです」

「どちらで船を借りられますか」

「は、はい、お待ちください。以前、ホテルのお客さまのご要望で手配したことがあります。いま、電話かけてみます」

太白の剣幕に圧されるように、さゆみはベッドサイドテーブルに置いたスマホを取り上げる。そのあいだに、太白は起き上がってゆるんだ胸元を直す。

「太白さん、船の手配できました。ご案内します」

「いや、結構です。場所さえ教えていただければひとりで向かいます」

「行きます、行かせてください。お願いします」

さゆみは、必死の顔で訴える。

「わ、わたし、なにもできませんし……でも、太白さんがなにか大変そうなのは、わかります。少しでもお力になりたいです。お願いします！」

さゆみは深々と頭を下げた。

「わかりました。さゆみさんは松島の地にくわしい。案内していただければ助かります。ただし、島への上陸は僕だけで」

「は、はいっ。あの、船までの車も手配します」

急ぎ足の太白とともに歩き出しながら、さゆみはフロントへ電話をかける。

　廊下に出てエレベーターに乗り込むと、太白がいった。

「船に乗る前に、尋ねたいことが。ロビーのホールで展示会を開いている蛇ヶ崎という人物ですが、どういう経緯でこのホテルで展示を？　いつから？」

「蛇ヶ崎さんですか。そうですね、一ヶ月くらい前からでしょうか。青葉から出向の役員のつながりで、紹介されたと聞いています」

「……やはり」

　ふたりは一階へ降りてホールへ向かう。太白は小走りになり、さゆみはついていくのが精一杯だ。ロビーを駆け抜ける彼らに、ホテルスタッフが目を丸くする。

「閉まっている？」

　しかしホールの前についたとき、扉は閉まっていた。なかには誰の気配もなく、しんと静まり返っている。太白は展示会の看板を見下ろしてつぶやく。

「蛇ヶ崎はどこへ。閉まる時間でもないですし、会期もまだ残っている」

　不安げなさゆみを振り返り、太白は切羽詰まった表情で尋ねる。

「彼の姿をホテル内で見かけた者はいませんか」

「わ、わからないです……。あ、でも、スタッフに訊いてみます」

　さゆみはかろうじてうなずくと、フロントスタッフに電話をかける。

太白は自分のスマホであやねに連絡するが、圏外とのアナウンスが返ってきた。

「あの、いま確認が取れました」

ますます顔が険しくなる太白に、さゆみが恐る恐る声をかける。

「蛇ヶ崎さんが、あやねさんと藤田さんにお声をかけていたのを、ロビーのスタッフが見かけたそうです。そのあとはどこに行ったかは不明だと」

「まずい」

青ざめた顔でつぶやくと、太白はさゆみに頭を下げた。

「さゆみさん、感謝します。船へ急ぎましょう」

「は、はい。車寄せで車が待っているはずです」

ふたりは相前後して、ロビーの出口から外へと走り出ていった。

◆

地響きとともに、巨大な影は遊歩道を降りてくる。

考える間などない。あやねは再び背を向けて走り出す。

(どうしよう、どうすれば。藤田さんは、どうなったの)

怯(おび)えながらも、あやねは晴永を案じる。そのとき、頭上を大きな影がよぎった。

「ひっ！」

突如、目の前に大きな衝撃音とともになにかが降り立った。

はっと見上げれば、それは雲つくばかりの大男。墨染の衣に剃髪(ていはつ)、僧侶の姿だ。あまりの大きさに、顔は遠すぎてよく見えない。

（これが、お大師さま……？）

しかし、巨大さに驚く以上に、僧侶の手元に目が釘付けになる。

「ふ、藤田さん⁉」

僧侶の手には、ぐったりとした晴永が握られていた。

「藤田さん、藤田さん！」

あやねの呼び声にも晴永は応える様子がない。さらに呼びかけようとするそこに、僧侶の丸太のような腕が風を巻いて降ってくる。

「きゃあっ！」

あやねが身をすくめたとき、ふいに数羽の鳥が、僧侶の手とあやねのあいだをさえぎるように飛来した。

そのうちの一羽が細い脇道へ飛んでいく。まるで、あやねを導くように。

島外へ出る橋とはべつの方角だ。だがあやねは、直感的に鳥のあとを追った。

なんらかの意図を持って、あの鳥は導いてくれているに違いない。

脇道は急な下り坂で雑草が生い茂っていて滑りやすい。足を取られそうになりながらも必死に走るあやねの頭上から、重い地響きが聞こえてくる。

狭く細い下り道を転がるように駆け下りると、コンクリートで護岸された水辺に出た。先ほど見た地図のとおり、海に突き出た小さな桟橋がある。

だが、桟橋だけだ。もちろん島の外に逃れるための船などない。

あやねはスマホを取り出すが、画面の表示は圏外。

「そんな……」

蒼白になるあやねの背後で、木々をへし折る音が響く。あやねは役立たずのスマホを胸に抱いて、振り返った。

その目の前に、山肌を削るようにして巨大な僧侶が降り立つ。コンクリートの護岸がみしみしというほどの、巨体。あやねは震えながら桟橋のほうへと後退りする。僧侶は意識のない晴永の体を手に握ったまま、一歩近づいた。

背後は海、前は恐ろしい妖かし。助けはない、逃げ場もない。

いや、逃げる道があったとしても、藤田をそのまま置いてはいけない。

「……お、お大師さま、ですか」

あやねは気力を振り絞り、懸命に声を張り上げる。

「聞いてください、お大師さま。なぜ、わたしたちを襲うんです。これまで数多くの人々が島に渡ったはずです。そのなかで、わたしたちを襲う理由はなんですか」

『貴様、は、だれ、だ』

大気を震わせる声が響く。声だけで打ち倒されそうだ。あやねは必死に足を踏みしめ、震える声で答える。

「わ、わたしは、高階太白の配偶者です」

『……高階、だと』

僧侶の声が、不穏に低くなる。かと思うと、

『高階！　ならばこやつは、高階の若造か！』

ふいに僧侶は、手に持った晴永の体を抱え上げる。

『代替わりに乗じて、我の縄張りを荒らそうとする高階の跡取りが。ただでさえ我を苛立たせる小賢しいものどもが、夜ごとお堂の前で騒ぎ立てるのに』

（小賢しいものども……？）

「ち、違います、違います」

あやねは必死にいい返す。

「そのひとは太白さんじゃありません。無関係のひとです！」

『さらに解せぬ』

僧侶が、また歩を進める。どすり、とコンクリートが揺れて、水面がざわめく。

『夫でもないおのこと、ふたりきりでこの島へきたと？』

「……価値観、古くないですか。それに誤解もはなはだしいんですけど」

思わずあやねはむっとしてこぼす。

『不遜な言を！』

「ひゃっ」

強く大地を踏みしめられ、あやねは飛び上がる。水面が揺れて、水しぶきが足元にざぶんとかかった。後ろを見れば桟橋の端。いつしか追い詰められている。

「と、とにかく。人違いですし、勘違いです」

必死の想いで、あやねは言葉を重ねる。

「高階はお大師さまに敵対する意図はまったくありません。高階と知ってのことでないなら、なおさらなぜわたしたちを狙うんです。いいえ、わたしたちだけじゃない、いままで行方不明になったひとたちも。それと、先ほどの言葉」

我ながら無謀だとあやねは思う。しかし、自分だけでなく晴永の命もかかっている。この異変の真相の手がかりをつかむためにも、逃げるわけにはいかない。なにより、目の前の妖かしの、太白への誤解を解くためにも。

「夜ごとお堂の前で騒ぐ小賢しいものたちとは、なんですか」

怯えを押し隠し、あやねは問いただす。

「そのものたちが妖かしなら、高階の力でなんとかなるかもしれません」

『まこと、不遜なおなごである。ただの人間でしかないというに』

僧侶の顔は高すぎて見えない。しかし空気を震わす声には、どこか好奇心のようなものが感じられる。

『我は、弁財天さまの前でふらちな真似をしたものを取り除いているだけだ。だが時代が下がるにつれ、人間どもの信仰も、神秘への畏れも薄れてきた。我は隠遁し、ただこの島を守るためにここに在った。……なのに』

僧侶の声音が、苛立ちの色を帯びる。

『高階の力でなんとかなる？　それこそ不遜極まりない。我でさえ姿をつかめぬというのに。先代の啓明ならばまだ信を置くに能うかもしれぬが、たかが二十数歳、而立にも至らぬ小僧が、我の苦痛をどうにかできるとでも！』

憤りの大音声が打ち叩くように降ってきて、あやねは身動きもできない。

『隠遁など、間違いであった。いまこそ弁財天さまのご威光を知らしめるために、我がわざを正しくふるわねばならぬ』

「そ、それでは……」

恐ろしい声にあやねは身をすくめつつも、懸命に声を上げる。

「ひとつだけ、聞かせてください。お願いです」

『なにを！　不遜なおなごよ、身のほど知らずに、この我になにを問う！』

「排除しているといいましたよね、弁天堂の前でふらちな真似をしたものたちを。そのひとたちは、いったい、どこへ行ったのですか」

『どこへ、だと？　ははは』

空をも割るような哄笑が響く。はっと振り仰げば、僧侶がつかんだ晴永を持ち上げて、大きく開いた真っ赤な口へと運ぼうとするところだった。

『――ここへ、だ』

（……やっぱり、おかしい）

「待って、待ってください、聞いてください！」

お大師さまの発言で、あやねはずっと抱いていた疑問から確信を得る。

「あなたは、守りたい威光を不当に隠されているんです！」

『なんだと』

口元へ持っていきかけた手を、僧侶は止める。あやねは畳みかける。

「人間を喰らうことで人々を怖れさせ、弁財天さまの威光を知らしめようとするんでしょう。でも、ここでの行方不明はなかったことにされているんです」

あやねは必死に説明する。

観光客は島の外へ何事もなく出ていき、帰京すること。行方不明がわかるのはそれ以降のこと。島での行方不明は噂レベルで、脅威にもなっていないことを。

「あなたを陥れようとするものがいるんです。もしかしてそれは、夜ごとお堂の周囲を騒がせているものたちのしわざではないですか」

僧侶は考え込むように巨大な口を閉ざす。

『……口ばかり回りおって』

だが、すぐに僧侶は苛立ちの声を上げた。

『話など聞いたのが間違いであった。見よ、我の恐ろしさを』

「やめて、やめてください！」

悲鳴を上げるあやねの頭上で、僧侶はひと息に晴永を呑み込んでしまった。

『さあ、次は、貴様の番だ』

巨大な手が降ってくる。とっさにあやねは身をひるがえし、桟橋を走った。

『待て！』

もちろん、あやねは止まらない。

（縄張りがあるなら、島の外までは追いかけてこないはず……！）

真っ直ぐに桟橋の端まで走ると、迷わず海に飛び込む。

ざぶん、と水しぶきを上げて体が沈んだ。あやねは必死に水をかいて水面へ顔を出し、ぷは、と息を吐くと、島から泳いで離れようとする。

だが濡れたワンピースが体にまとわりつき、思うように進まない。浮くのが精一杯で、進んでいるのか止まっているのか、方向すらもわからない。

（いや、こんなところで、死ぬかもしれないなんて）

だが水は重く手足に絡みつく。十月の海は思いのほか冷たくて、次第に体温も奪われていく。必死な気持ちと裏腹に、徐々に、徐々に、沈んでいく。

——太白、さん。

浮かぶのも苦しくなり、あやねはそうつぶやくのが精一杯だ。

「あやねさん！」

空耳だろうか、太白の声が聞こえる。

かと思ったとき水しぶきが上がる音がして、誰かが水をかいて泳いでくる。

「大丈夫ですか、あやねさん、あやねさん……！」

力強い腕に抱きしめられ、あやねは顔を上げる。そこには、いつもは綺麗に整えている前髪を乱した、ずぶ濡れの太白の顔があった。

「た、太白……さん」

「すみません、僕が離れたばかりに」

太白は謝りながら、あやねを抱いて泳ぎ出す。近くに浮いていたモーターボートまで戻り、太白はあやねを抱きかかえて乗り込む。

脱いであったスーツの上着をあやねに羽織らせ、太白はいった。

「すぐさま陸へ戻りましょう。ずいぶん凍えている」

「待って、待って……ください……」

あやねは濡れた顔をぬぐいながら、太白を引き止める。

「福浦島に、恐ろしい妖かしが……藤田さんが、食べられて。いいえ、ほかにも多くのひとたちが食べられているんです、なんとか、しないと」

「ええ、わかっています」

太白の視線を追うと、その行き先は桟橋だった。

大して離れてはいない。飛び込んでからせいぜい数メートルだ。しかし、あれほど巨大だった僧侶の姿はどこにも見えない。

「わたし、とても巨大なお坊さんに追いかけられたんです」

あやねは荒い息で太白に告げる。

「さっきまで、すぐそこに見える桟橋の真ん前にいたんです。でもいまは影すら見当たらないなんて。縄張りの外に出たからでしょうか」

「気配はします。おそらくこちらを警戒して、監視している」

「わたしは、大丈夫です」

あやねは必死の声でいった。

「でも、なんの罪もないひとたちが犠牲になっているかと思うと……」

「そうですね。正直、僕も怒っている」

太白は静かにいった。怒っているような口ぶりではないが、眼鏡の奥のまなざしは、恐ろしいほどに冷え冷えとしている。

「申し訳ない、すぐに済ませます」

そういうと、太白はボートのエンジンをかけて島へ向かう。

桟橋にボートが接した瞬間、いきなり巨大な僧侶の足が岸辺に出現した。

『馬鹿め、わざわざ戻ってくるとは』

あざ笑う大音声が、桟橋に降り立つ太白とボート上のあやねに降ってくる。

「た、太白さん、気をつけて」

桟橋を歩き出す太白の、濡れたシャツが張り付く背中にあやねは叫ぶ。太白は肩越しに振り返り、優しい口調でうなずいた。

「ご安心を。いったはずです、すぐに済ませると」

『なにをごちゃごちゃといっている』

頭上からの苛立つ声が空気を震わせる。

『太白だと。ならば貴様が高階の若造か。啓明の跡継ぎとは思えぬ矮小(わいしょう)さだ』

嘲笑交じりの言葉が浴びせられる。だが太白は答えず、真っ直ぐに僧侶へ向かっていく。といってもサイズが違うので、行き先は僧侶の足元だ。

『今度こそ、まとめて喰らうてやる』

その言葉の瞬間、巨大な手が降ってきた。思わずあやねは叫ぶ。

「太白さん！」

次に起こったことに、あやねは自分の目を疑った。

ふいに僧侶の姿が消え、墨染の衣がひるがえった、かと見るやいなや、僧侶の体が地響きを立てて島の斜面に叩きつけられたのだ。

は、と息を呑んで見れば、太白の右腕はシャツが破れ、恐ろしい鉄の爪が生えた赤く大きな鬼の手になっている。

『な、な、なに』

僧侶はあわてふためきながら身を起こそうとする。だがそれよりも数段素早く太白が動いたかと思うと、鬼の手で僧侶の太い足首をつかむ。

『う、うわああっ』

再度、僧侶は山肌に投げられる。

そこからはもう太白の独壇場だった。彼は容赦なく、まるでつかんだ丸太で地面を叩くように、僧侶を何度も何度も投げ飛ばす。いくら太白の正体が鬼で、怪力であっても、あまりに軽々と持ち上げて落とすので、面白いくらいだった。

あやねは呆然と見ていたが、おかしなことに気づく。

僧侶の巨体が叩きつけられるたび、大地はぐらんぐらんと揺れるが、なぜかコンクリートで護岸した場所は壊れもしないし、島の斜面も崩れる気配はない。

『ひ、ひえええっ』

最後に大きく山肌にぶん投げられて、僧侶は情けない悲鳴とともに崩れ落ちる。太白は肩でひとつ息をすると、ひっくり返った僧侶に歩み寄る。いつしか、鬼の右手はふつうの人間の腕に戻っていた。

「失礼しました。それで確認があとになりましたが」

冷静な声で、太白は倒れた僧侶に尋ねる。

「あなたが、この島に巣食う〝お大師さま〟ということでよろしいですか」

『わ、我を……こんな……うっ』

僧侶は悔しげに身を起こすが、ふいに咳き込んだ。呆気に取られるあやねの前で僧侶は激しくえずくと、いきなりどさどさといくつもの塊を吐き出した。

「え、ええっ⁉」

あやねは思わず口を押さえて驚きの声を上げる。

まず地面に吐き出されたのは、晴永。そのあとに何人もの男女が次々と吐き出され、彼の上に積み重なっていく。晴永以外は全員気を失っているようだ。

「お、重い、助けて」

晴永は、韓流風美形イケメンも台無しの情けない声を上げた。船から降りようとするあやねを太白は片手で押しとどめ、丁寧に意識のない男女を横に除ける。

「ああ、助かっ……わっ」

息をつく晴永の襟を、太白がぐいとつかみ上げる。

「や、やあ、高階の御曹司……怒ってる？」

「怒っていないとでも？」

冷ややかに返す太白に、晴永は首をすくめる。

「でも、ぼくの式神があいつの腹のなかで暴れてたから、倒せたんだけどな」

「手応えが薄かったので、そうだと思いました。ですが、だからといって感謝する必要もない。一歩遅ければ、あやねさんは溺れていたかもしれないのです」

「そこは……謝るよ。まさかあんな思い切ったことするなんて」

「謝る？　謝るくらいなら、なぜ」

太白は青白い怒りをまとって、晴永をにらみ据える。

「──なぜ、あやねさんをこんな危険な目に遭わせた」

飄々（ひょうひょう）とした晴永でさえ、思わず息を呑むような恐ろしい気迫だった。

「ま、ま、待ってください、太白さん」

あわててあやねは船から降りて、太白に駆け寄ると腕にすがりつく。

「たぶん、藤田さんはわたしだからここへ連れてきたんだと思います」

「どういうことです」

太白はいぶかしげに訊き返すが、ふと横目でどこかを見た。

「あとでじっくり、話を聞かせてもらいます」

乱暴に晴永を放り捨て、太白は目線の方向へ歩く。そこで身をかがめ、地面に落ちている茶色いぬいぐるみのようなものをつかみ上げた。

「え……それって、まさか」

太白が首根っこを持ってぶら下げているのは、一匹の狸。かなりの古狸らしく、白髪交じりの毛並みはぼさぼさだ。

「そうです、〝お大師さま〟の正体でしょう」

あやねに答えると、太白は古狸を揺さぶった。

「そろそろ起きてください、お大師さま」

「う、ウウウ……ううん」

狸は人語でうめくと、はっと目を開けた。

「なっ、なんだ、なんだ、我をどうしようというのだ」

ちいさな手足をジタバタさせて古狸は暴れるが、太白につかまれているのでどうしようもない。無駄な抵抗がいっそ可愛らしいくらいだ。

「どうもいたしません。うかがいたいことはありますが」

「ふん、高階の若造が偉そうに……わっわっやめっ」

大きく揺さぶられ、古狸はわめいた。あやねは思わず声をかける。

「太白さん、あの、ちょっと可哀想かと」

「このご老体が強情さを改めてくだされば、やめますよ」

「わ、わかった、わかった。業腹であるが仕方あるまい」

「よくおわかりで。僕の前で、二度と悪さはなさらないように」

ぶらんとしたまま、古狸はこくり、とうなずく。

太白が手を放すと、狸はくるんと一回転して地に降り立った。と見るやいなや、

「え、ええっ⁉」

なんと、牛若丸のような水干姿の、眉目秀麗な男の子に変わった。

男の子はたたっと走って太白から離れたかと思うと、あやねの足に抱きつく。

「あ、あの、なにをなさって……？」

「高階の若造は老人への敬いがまったく足りぬ。それに引き換え」

男の子は愛くるしい笑顔であやねを見上げる。

「配偶者は勇気があって賢く、心根も優しい。まるで弁財天さまである！」

◆

そのあとは、かなり慌ただしかった。

あやねたちは救急車を呼び、気を失った男女を病院へ運ばせた。どうやら彼らが、行方不明中のものたちらしい。

着替えに戻ったホテルグランデ松島で、警察に事情を訊かれたが、まさか妖かしの仕業ともいえず、散策中に偶然見つけたといい張ってその場をしのぎ、やっと解放されたのが、夕刻前。さゆみや、その母親のゆりえに部屋を用意するといわれたが、すでに高階の別荘に宿泊予定だと固辞した。

「残念ですわ。また松島においでの際はぜひうちに」

母親のゆりえが愛想たっぷりにいった。その後ろでは、さゆみがまた会ったときとおなじように目を伏せて立っている。まるで、母親の陰に隠れるように。

あやねはなんとはなしに心が痛む。

このまま、さゆみは日陰で生きていくのだろうか。自分の力を発揮することもなく。

もちろん、母親は娘を愛するがゆえの気持ちではあるのだろうが……。

「一言、よろしいですか」

思わずあやねは一歩前に踏み出し、頭を下げる。

「あの、さゆみさん。ありがとうございました」

「え……」

さゆみは戸惑った声で顔を上げる。

「太白さんに聞きました。島で迷子になったわたしのために、さゆみさんが色々と助けてくださったって」

昼間の一件は、あやねが島で迷子になったとごまかしていた。あまりに苦しい言い訳だが、妖かしについて打ち明けるわけにはいかない。

「遊覧船でも、丁寧なガイドをしてくださって、とても楽しかったです。もっとじっくり聞いてみたかったと思っています」

「いったはずです。あんなの、大したことじゃないって」

すねたようにさゆみは答えた。

「仕事のできるあなたにいわれると、馬鹿にされてるみたい。やめてください」

「ちょっと、さゆみ。申し訳ありません、本当に子どもで」

「いいえ、さゆみさんは立派な方です」

口を挟むゆりえを押し止めると、あやねはさゆみに目を向ける。

「あなたの力を活かす方法を、考えたいです。差し出がましいと思いますが……それが、せめてものお礼です」

といってあやねは深々と頭を下げた。さゆみは声もなく、唇を噛む。

「僕からも礼を」

太白が隣から声をかける。

「あやねさんは僕にとって、決して欠かすことのできない、大切な、唯一無二のパートナーです。あなたの手助けに感謝します」

さゆみの顔が苦しげに歪む。だがなにもいわず、ただ、会釈した。

「それでは行きましょう、あやねさん」

ふたりは連れ立って背を向け、その場をあとにした。


「あやね！」

ホテルの車寄せに停車していた太白の車に乗り込むと、後部座席で晴永と一緒に待っていたお大師さまが顔を輝かせる。

「こんなおのこと一緒に放っておかれて、場が持たんにもほどがあったぞ」

お大師さまが背もたれから身を乗り出すので、あやねはあわてて押し止める。

「発進しますよ、危ないですから、座っていてください」

「なんと、現代の乗り物は恐ろしい。ならばあやねの膝に乗りたいのである」

「ふざけないでほしいな、古狸」

晴永がお大師さまの襟首をつかみ、ぐいと背もたれから引っ剝がす。

「なにをする、離せ、高階の若造といい貴様といい、遠慮がないぞ」

「それで、どうするの、このご老体」

わめき声を無視して晴永が尋ねる。太白はエンジンをかけながら答えた。

「また利用されないように、高階の領域で預かろうかと思いまして」

「本気？ 呆れたな」

ジタバタするお大師さまを見やって、晴永が肩をすくめる。

「いたいけな子どものフリをしているけれど、中身は老獪な古狸だよ。身内に引き入れて悪さをされたら、どうするつもり」

「心外な。あやねのもとで悪さなどせんぞ」

「どうかな。あやねさんに馴れ馴れしいのも気に食わない。とんだ助平じじいだ」

「それに関しては、考えがありますので」

眼鏡のブリッジを押さえながら、太白は車を発進させる。

「お大師さまもですが、僕としてはあなたの所業のほうが問題ですね」

「……もしや、まだ怒ってる？」

「怒っていないとでも？」

首をすくめる晴永に、太白は澄ましていい返すと、あやねに尋ねる。

「それで、後回しにしていたあやねさんの見解をうかがいたい」

夕闇濃くなる松島の道を、四人を乗せて車は走り出す。

「なぜ、藤田さんはあやねさんをあの島へ連れていったのです？」

「わざとお大師さまに襲われようとしたんだと思います。なぜって、カップルでなければ、お大師さまは現れませんから。でも」

あやねは思慮深げな声音で答える。

「無関係な一般人の女性を連れて行って危険な目に遭わせるわけにはいかない。自分が失敗したら命がないかもしれませんから。けれど、わたしなら」

あやねはほほ笑んで太白を見る。

「太白さんがいる。自分になにかあっても、太白さんなら助けてくれる。だから式神を忍ばせておいたのではないですか。そうですよね、藤田さん」

「べつに……それだけじゃないけど」

あやねが後部座席に声をかけると、不満げな声が返ってきた。

「賢いあやねさんなら、危険も上手く切り抜けてくれると思ったからさ」

「つまり、わたしたちの能力を信頼してくださったんですね」

「能力だけじゃないってば。まあ、人格とか、人品とかね」

「そこまで買ってくださっていたとは思いませんでした」

太白が呆れ混じり、感嘆混じりで答える。

「とはいえ、僕に貸しを作ってまで解決したかったのは、なぜです」

「あやねさんにはいったけど、陰陽寮の爺さまたちのテストさ。ぼくが次の陰陽寮のトップになれるかどうか、のね」

「それだけではないでしょう」

鋭く太白はいった。窓の外はすでに闇、厳しい横顔が窓ガラスに映っている。

「あなたは、陰陽寮の先達方を見下してはいませんでしたか。なのにわざわざ力を示すなら、ほかにも理由があるのでは」

「……まったく」

あーあ、という大きなため息が聞こえた。

「お察しのとおり、ぼくのどうしようもない姉……晴和のせいだよ」

藤田晴和。晴永の姉で、彼女も凄腕の陰陽師だ。

しかし、陰陽寮の次期トップかつ藤田家の跡継ぎに、姉弟の父親が晴永を指名したために、自分のほうが力量が上と考えていた晴和は激怒。

今月始めのオータムフェアでは、晴永に味方した太白への復讐として妖かしたちに入れ知恵し、ホテル内へ乱入させたのだ。

「もしかして、お大師さまを悩ませていたものたちの背後に彼女が……？」

「そのとおり。ホテルから姿を消したっていう蛇ヶ崎、あれ、妖かしだよね。姉は口が巧いし、腕も立つし、そして狡猾だ」

青ざめて問うあやねに、はあ、と晴永は大きな息をついた。

「表に出ないで他人を動かす。そしてしらばっくれる。今回もあの蛇ヶ崎を焚き付けて、お大師さまにひとを襲わせたんじゃないかな」

「待つがよい、なぜ我が利用されていたと思うのだ」

お大師さまが背もたれによじ登って顔を出す。

「我はただ、弁財天さまの前でふらちな真似をするものを除いていただけであるぞ。確かに、姿も見せず夜ごと騒ぐものどもにはへきえきしておったが」

「でもそれで、自分の縄張りが侵されたと思ったのですよね」

「うむ、まあ、そうであるが」

あやねがなだめるようにいうと、不承不承お大師さまは答える。

「つまり、あの騒ぎ立てていたものどもが、狐たちだったというのか？　いくらその姉とやらに焚き付けられたとはいえ、狐どもとは千年近く共存しておった。我の縄張りに入ろうなどと、あれらは決してしなかったものを」

「お大師さま。あなたは、自分の妖力の衰えに気づいておられますか」

太白はステアリングを握りつつ、ずばりといった。

「な、な、なんだと」

お大師さまは戸惑いの声を上げる。しかし太白は、構わず言葉を重ねた。

「その衰えも、老いのためではないかと……僕の祖父とおなじに」

「不遜な！　なんと不遜な！」

お大師さまは激高した。

「いくら高階の跡継ぎであやねの配偶者といえど、我にそのような不遜なものいい、断じて許さぬ。老いてなどおらぬ！　我は老いてなどおらぬぞ！」

「落ち着いてください、お大師さま。車が揺れます、危ないです」

運転席の背もたれにしがみついてガタガタ揺らすお大師さまを、あやねは必死でなだめる。そこへ太白が鋭く指摘した。

「しかし、福浦島で〝老人への敬いが足りぬ〟とおっしゃっておられましたが」

「そ、そのようなこと……うむ……いうた。いうたな、あやねに」

お大師さまは背もたれから滑り落ち、しおしおと後部座席に収まった。やっぱり可愛いな、とあやねは思ってしまう。

「蛇ヶ崎は、僕たちに味方するつもりなどなかったはずです。高階の代替わりに乗じて、妖力の衰えたお大師さまの縄張りを奪い、勢力を広げようと考えていた。この地で揉め事が起こっても、僕では収め切れないと踏んで」

太白は、ふっと皮肉げな笑みを浮かべる。

「それが〝彼女〟の考えを吹き込まれたからか、あるいは両者の思惑が合致したからなのかは、わかりませんが」

彼女。晴和の名前を呼ぶことすら太白はいやなようだ。

「あやねさんは、この一連の成り行きの違和感に気づいてたよね。だから、このご老人に〝威光を隠されている〟って指摘できたんだ」

「何度我を老人老人と呼ぶか、小童めが」

「はいはい、ちょっと黙ってて。だよね、あやねさん」

「そうですね、確信はありませんでしたけど」

晴永にいわれ、あやねは自分の考えを話す。

お大師さまの縄張りである島の内と外での異変。おそらく蛇ヶ崎ら一族は、狐の変化のわざを使ってお大師さまに喰われた人間に化け、なに食わぬ顔でツアーに戻り、東京で解散後に姿を消したのだ。お大師さまの偉業を隠し、威厳を失墜させるために。

さらには、太白とあやねの旅行に合わせるために。

ふたりの新婚旅行の日程は、ホテルグランデ松島には知らせてある。一ヶ月以上前から展覧会を開いていた蛇ヶ崎なら、さゆみやその母と親しくなり、その情報を聞いていてもおかしくない。青葉から出向した役員にも、それとなくお大師さまの危険を匂わせておく。

そして太白をお大師さまにぶつけ、共倒れを狙う。

しかし彼らの誤算は、太白が船酔いしたこと、配偶者であるあやねを犠牲にしておびき寄せようとしたが、あやねの能力を見誤ったこと。そして思ったよりも早く陰陽寮の介入があったことから、さらに計画は狂っていったのではないか……。

「あくまで、これらはわたしの推測なんですけど」

語り終えてあやねが息をつくと、晴永が嬉しそうにいった。

「つじつまは合うよね、さすがあやねさん。そう思わないかな、御曹司」

「あなたにいわれずとも、最初からあやねさんの有能さは知っています」

むっとして太白がいい返す。

「少しこらしめたら、人間どもは解放するつもりであったのだ」

後部座席から、お大師さまのしょんぼりとした声が響く。

「腹に収めておくのも限度がある。大昔ならば、どれだけでも呑み込んでおれたというのに」

それが、衰えの証では——という言葉をあやねは口にしなかった。

あまりにもお大師さまの声が力なく、哀しげに聞こえたので。

「いまだ蛇ヶ崎の行方は知れません。妖力の衰えたお大師さまを島に残せば、再び襲われかねない。高階で預かるほうが面倒がないでしょう」

厳しい声でいう太白に、晴永がからかう口調でいった。

「へえ、御曹司はずいぶんと優しいんだね」

「もちろん、あやねさんを怖がらせたことへの腹立ちもありますが」

ひええ、とお大師さまがか細い悲鳴を上げる。

「そんな、いつまで監禁するのだ。もしや我が朽ち果てるまでなのか」

あまりの情けない声音に、あやねはくすりと笑ってしまう。

「太白さん、あんまり脅さないであげてください」

「あやねさんは優しすぎます。僕としては放置してもかまわないのですよ」

「結果として何事もありませんでしたし、利用されただけなら酌量の余地はあるかなって。それに、長年住み慣れた島を離れるのは充分罰ですよ」

「あやねさんがいうなら、とりあえず軟禁は、百鬼夜行祭までとしましょう」

太白はふうと息をつくと、話を変える。

「ところで藤田さん。僕に貸しを作ったままでは気分が悪くありませんか」

「特に、そんなことはないけど。……まあ」

気まずそうに晴永が答える。

「巻き込んで危険な目に遭わせたあやねさんには悪いと思ってる、かな」

「ならば頼みがあります。別荘についてからお話ししましょう」

あやねはふと車の窓の外に目をやる。いつしか空には月が上がっていた。車が走るのは海沿いの道路で、輝く月を映す夜の海は窓越しにも美しい。

やがて車は高台へと至り、木立のなかで停まった。

そこはレトロな洋館の前で、穏やかな色の玄関灯が出迎えるように灯っている。

「お待ちしておりました。太白さま、あやねさま」

車の外に出ると、制服姿の女性が待っていた。その姿にあやねは声を上げる。

「桃生さん、なぜここに？」

そこにいたのは、青葉グランドホテルお抱え運転手、桃生だ。白木路の一族で、正体は狐、ボディガードを務めるほどの腕前がある。

「太白さまから、お大師さまを高階の領域へ案内せよとご連絡がありましたので」

「ありがとう、桃生さん。ということで」

太白は、お大師さまの首根っこをぶら下げた晴永を振り返る。

「お大師さまの身柄を、安全に青葉グランドホテルまで送り届けてくれますか」

「まさか護衛役で使い走り？　はいはい、わかってる、わかってます」

「丁重にお願いします」

お大師さまは観念したのか、可愛い唇を尖らせながらも、晴永の手から大人しくぶら下がっている。なんだか憎めなくて、あやねは優しく声をかけた。

「お大師さま。慣れない場所で窮屈かもしれませんが、身の危険がありますから。少しのあいだだけ、わたしたちのもとでお過ごしください」

「……悪かったのである」

ぽつり、と男の子の姿をした古狸はいった。

「我は、情けない。己の老いを見ぬふりをして、虚勢を張っておった。そのせいで、あやねに迷惑をかけた。……すまぬ」

「そうですね、確かにちょっと怖かったですけれど、もう大丈夫です」

うむ、とお大師さまはこくりとうなずく。

「まったく、あやねさんの前だとしおらしいんだね」

呆れたように晴永はこぼすと、そっと地面に置いてやる。

「青葉の車を停めてあります。どうぞ、こちらへ」

桃生が制帽の陰から、背後を目で指し示す。晴永は吐息して答える。

「それじゃ、仕方ないから行ってくるよ」

「お部屋をご用意してありますので、到着後はゆっくりお休みを」

「至れり尽くせりだね。ああ、御曹司」

去り際に晴永は太白を振り返る。

「晴和、たぶん百鬼夜行祭に介入してくるよ」

「でしょうね。ひっかき回すのが好きなようですから」

太白はこともなげに答える。晴永は少しためらい気味にいった。

「謝るべきかな……？　今回も姉弟喧嘩に巻き込んだこと」

「いったはずです。まだマシなほうを選んだに過ぎないと。ですがその選択は僕の意志で、あなたに強制されたわけではない。結果の責任も僕が取ります」

冷徹な答えに、晴永は目を開く。

「怪力なだけのお坊ちゃまじゃないってわけだね。少し見直した……けど」

晴永はあやねに目を移し、笑いかける。

「あやねさんをあきらめるには、まだ足りないかな」

「な、なにをいうんです、藤田さん⁉」

あやねがうろたえると、晴永は蕩けそうな笑顔で畳みかける。

「得体の知れない妖かしを前に一歩も引かず、さらには思い切った行動。知恵と胆力が桁違いだよ。有能な女性が、ぼくは大好きなんだ」

「本当に懲りない方ですね」

太白があやねの前に割り込むと、晴永は両手を軽く上げる。

「はいはい、どうせ長い付き合いになるだろうし、今後ともよろしくね」

にっこり笑って身をひるがえすと、晴永は桃生のもとへ歩いていく。

「ねえ、ぼくのこと覚えてる？　以前、車に乗せてくれたよね」

「はい、存じ上げています。軽い言動に注意せよとも聞いております」

「ひどいな。君みたいに凛々しい女性もタイプなんだ」

「貴様、おなごとあらば見境がないのか」

桃生に手を引かれるお大師さまといい合いながら、晴永は車に乗り込んだ。

「……なんとか、長い一日が終わりましたね」

闇をついて車が走り去ったのを見送って、あやねはほっと息をつく。

「お疲れさまでした。まさかこんな一日になるとは」

太白が気遣う声音でいった。

「気兼ねなくゆっくりできるよう、食事と宿泊の用意をしたら、管理人は朝まで退去するよう頼んであります」

「そうですか、よかった」

太白の気遣いがありがたい。正直、こんな疲れたときには、初対面の相手とあいさつや会話すら億劫だ。

「管理人には、明治時代からここを任せています。亡き母どもも仲が良く、気心の知れたものですよ。名前は夏井。彼女も妖かしです」

玄関へ歩きながら太白が話す。

「そういえばさゆみさんのことですが……。松島に、海外の観光客や若者向けのカジュアルホテルを建てようと考えているところです。高級ではありませんが、気軽に利用できるタイプのものを」

「それはいいですね！　じゃあ、もしかして」

「ええ、そのオーナーにさゆみさんはどうでしょうか」

「いいと思います。もちろん補佐をつける必要があるでしょうし、なにより、彼女の意欲次第ではありますけれど」

「そうですね、ひとつの賭けではありますが、悪くない結果は期待できるかと」

話し合いながら、あやねは安堵(あんど)する。

気がかりもこれでひとつ、なんとかなるかもしれない。さゆみの行き先が開けることを、あやねはひそかに願った。

ふたりは洋館のエントランスから、すずらん型のランプで照らされる廊下を歩む。飴色(あめいろ)に光る床板は掃除が行き届き、埃(ほこり)ひとつ見当たらない。

「食事は一階のダイニング、寝室は二階です。もちろん、別々の部屋ですから。まずは荷解(にほど)きして、バスルームを使いませんか」

「そうですね、ああ、お風呂嬉しいです。足を伸ばして湯船に……」

しかし、二階の寝室のドアを開けたとたん、あやねは凍りつく。

ロココ調の愛らしい壁紙や、レトロで華やかな調度品のある寝室の中央には、なんと、キングサイズのダブルベッドが置かれていたのだ。

しっかりとベッドメイクもされ、枕も並べてふたつ。さらに真紅の薔薇の花びらでハートのデコレーション、しかもタオルで作ったらしい二羽の白鳥まで。ご丁寧にくちばしを合わせて、ハートマークを形作って。

「なっ、なぜ？　し、寝室は分けてほしいとお願いしたのですが。というか、なんでしょうかこの花と白鳥は。なぜにハートマーク？」

太白は目に見えてうろたえた。あやねも目の前の光景に真っ赤になる。

「あの、カードが置いてあります」

ベッドサイドテーブルには、綺麗な文字の書かれたウェルカムカードが置かれていた。あやねは取り上げて太白とのぞき込む。

『どうぞごゆるりと。新婚のお邪魔はいたしません。おふたりきりで、仲良く、熱い夜を楽しんでくださいませ。P.S.寝室がべつなんて、許しませんよ★』

「な、な、夏井、なんという真似を……はっ、まさか」

太白は青い顔で広い寝室の隅のドアへと走り、開けた。かと思うと、

「やっぱり」

がっくりと肩を落とす太白の頭越しに、あやねはのぞき込む。なんと猫脚で陶器製のバスタブには、ふわふわの泡とやはり真っ赤な薔薇の花びら。

なぜか白い壁には色とりどりのバルーンで『HAPPY　EVER　AFTER（いつまでもお幸せに）』と書かれている。

「忘れていました……夏井は、浮かれると過剰になるのです」

太白は肩を落としたかと思うと、はっとあやねを振り返った。

「あ、あの、大丈夫です、ご安心ください。僕はソファか床で寝ます。あやねさんはどうぞ、ゆっくりベッドでお休みください」

「い、いえ、わたしこそ平気です。太白さんはずっと運転してましたし、お大師さまを抑えるために力を使ったはずですし」

「いやいや、そうはいきません。僕が」「いいえ、いいえ、わたしこそ」

新婚仕様のベッドを前に、ふたりは延々と不毛な押し問答を繰り広げた。

「ね、むい……」

翌朝、あやねは太白よりなんとか一足先に目覚めた。すっぴん顔を見られる前に、身支度を済ませないといけないのだ。

結局、終わらない押し問答にくたびれ、旅と昼間の騒動の疲れも相まって、正常な思考ができなくなったふたりは、広いベッドの端と端で眠ることになった。

もちろん、眠れるはずがない。

と思ったが、あやねはとにかく疲れ果てていたので、太白のあとにお風呂から上がり、ベッドの端に横になったとたん、秒で意識が消えてしまった。

目覚めたときには太白の姿はなく、どうしたかとあわてて見れば、床に落ちてベッドの下に潜り込むようにして寝ていた。

あえて落ちたのか、距離を意識しすぎて落ちたのかわからないけれど、あやねは眠る彼のうえにそうっと毛布をかけて洗面所へ向かった。

「太白さん、気遣いすぎなんだから」

ベッドの下で丸くなって眠る姿を思い出して、身支度をしながらあやねはくすりと笑うと、なんの気なしにつぶやいた。

「べつに、太白さんとなら……どうにかなっても、その」

つぶやいてから、は、と我に返って赤くなる。

どうにかなるもなにも、太白との結婚は契約でしかない。せっかくふたりきりで旅行にきて、おなじ部屋に泊まりながら、かたくなに一線を引こうとするのも、この結婚が〝契約〟で〝仕事〟で〝偽り〟だと思っている証拠なのかもしれない。

（やっぱり、太白さんにとってわたしはただの契約相手に過ぎないのかな……）

「あの、あやねさん」

ドアの外から太白の声が聞こえて、あやねは飛び上がりそうになる。

「は、はいっ、すみません、太白さんも支度しないとですよね」

「いや、僕は一階の洗面所で済ませました。もしよければ朝食の席で、ここの管理人の夏井を紹介したいのですが」

「はい、もちろんです。いま行きます」

あやねはバタバタと洗面台を片付け、急いで外に出る。するとそこには、きっちりと髪を撫で付け、綺麗に顔をあたった太白がいた。

服装こそ白いシャツにスラックスだが、ネクタイを締めて上着を着たら、出社できそうなほどきちんとした姿だ。いつものように眼鏡をかけたその顔は理知的で、彫像のように整って美しく、思わずあやねは見惚れてしまう。

まったく、完璧でないときがあるんだろうか。……いや、あるけれど。

「おはようございます、あやねさん。よく眠れたようですね」

話しかけられて、あやねははっと我に返る。

「お、おはようございます。おかげさまで、よく眠れました。太白さんは？」

「ええ、大丈夫です」

微妙な返事だなと思いながらよく見ると、太白の目が赤い。まさか、眠れなかったというのだろうか。

「朝食の準備ができています。天気がいいので、サンルームでと」

行きましょうか、と歩き出す太白のあとを、あやねはあたふたとついていく。

「わあ、素敵なリビング……」

白いドアを抜けて一歩入ると、そこはレトロで洒落たダイニングルーム。

優雅なドレープのカーテンが下がるアーチ型の大きな窓からは、さんさんと朝陽が降り注ぎ、アンティークらしいテーブルや椅子を照らしている。

昨夜は疲労していたのでよくわからなかったが、上品で気持ちのいい空間だ。

「どうぞ、こちらがサンルームです」

太白に案内され、ダイニングから突き出た八角形の空間に出る。

周囲を窓に囲まれたサンルームは、射し込む光がいっそう美しい。

「まあまあ、ようこそ、あやねさま」

嬉しそうな声が頭上からして、あやねは「ひえっ」とのけ反った。

なんと、壁の天井近くに、着物に割烹着姿の女性が張り付いている！　太白は深々と吐息すると、女性を見上げた。

「夏井、あやねさんを脅かさないでくださいといったはずですが」

「はいはい、失礼いたしました」

女性はひらりと床に降り、きちっと姿勢を正すと、

「改めまして、わたくしが夏井でございます。どうぞ、お見知りおきを」

深々とお辞儀をした。あやねは戸惑いながらも頭を下げる。

「は、はあ、はい、ど、どうも。花籠あやねと申します」

「驚かせて申し訳ございません。どのくらい、わたくしどもに慣れていらっしゃるかと思いまして。その初々しい反応、太白さまのお母さまを思い出します」

夏井はにっこりと笑うが、太白は呆れ気味にいった。

「彼女はヤモリの妖かしです。家を守ることに関しては彼女以上に安心して任せられるものはおりませんが、なにぶん、張り切るとこういう有様で」

「失礼をばいたしました。なにせ、十年ぶりのお越しでしたので」

「それは……すまなかった。母が亡くなってから、僕は跡取りとしての教育を受けるのに忙しくて。それに」

太白は目を落とし、口ごもるようにいった。

「ここには、父や母との想い出が多すぎたから」

気まずい顔の太白に、夏井は首を振って優しく答える。

「存じ上げておりますよ。それですのに、折々にお手紙や贈り物をくださって、感謝しております。でも、ねえ。十年ぶりにお泊りになると思ったら」

夏井は嬉しそうにあやねを見つめる。

「大切な方をお連れになって、いらしてくださるなんて。……ああ、失礼しました。いま、朝食をお出しいたしますね」

太白とあやねに席につくようにうながして、夏井は奥へと引っ込む。

サンルームは、穏やかで居心地のいい空気に満ちていた。

窓から見えるのは、よく手入れされた緑の庭と、その向こうの青い海。愛らしい形のテーブルには清潔なレースのテーブルクロスがかかり、銀色に光るカトラリーが並べられ、部屋の隅には座り心地の良さそうなオットマン付きのソファ。

寒い冬にここで日向ぼっこをしつつお茶をいただいたら、どんなに幸せだろう。

「素敵な別荘ですね。なんというか、その」

あやねはまばゆい朝陽に目を細める。

「この場所には、愛情と、幸福が満ちている気が……します」

「ありがとうございます。夏井の管理のおかげです」

太白はほほ笑むと、彼も庭へと目を向ける。

「先ほど夏井にいいましたが、ここには父や母と過ごした子ども時代の想い出が染み付いています。母が亡くなり、父が屋敷を出ていったあと、どうにもここを訪れる気になれなくて。それだけ、大切な場所なのです。だからこそ」

照れくさそうに、太白は目を落としてつぶやいた。

「ほかの誰でもなく、あやねさんを連れてきたかった」

「太白さん……」

胸打たれる想いで、あやねは太白を見つめる。

「お待たせいたしました、朝食でございます」

夏井がワゴンを押して現れた。あやねは驚きに目を見開く。

ワゴンの上には、あふれるほどたくさんの食事が乗っていた。

バターの香りのするパン、あざやかな黄色のオムレツ、お日さまのような目玉焼き、ベーコンやウインナー、湯気の立つスープ、彩り豊かなサラダやフルーツ、新鮮なジュースやミルク、コーヒーのポットもある。どれもこれも美味しそう。

「夏井さんが全部用意されたんですか、素敵」

「ええ、おふたりに召し上がっていただきたくて張り切りました。太白さまにはもちろん、こちらですよ」

そういって、夏井はふっくらと焼き上がったパンケーキを乗せた皿を差し出す。

「これは……ああ、実は、楽しみにしていたんだ」

ぱあっと顔を輝かせる太白に、あやねまで嬉しくなって笑みがこぼれる。

「お食事後、すぐにご出立されるのですよね、太白さま」

「すまない、もっとゆっくりできたらよかったのですが」

「いえ、いえ。ご結婚は存じ上げておりましたが、わたくしは家守としてここを離れるわけにはまいりませんから、こうしてお目にかかることができるだけでとても嬉しゅうございます。ですが……」

申し訳なさそうな太白に、夏井は優しくほほ笑むと、こういった。

「ご出立の前に、少し、あやねさまにお時間をいただきたいのですが」

◆

屋敷の前の駐車場で、太白は車にふたりの荷物を積み込む。

わずかな荷物を積み終わったとき、あやねが玄関から出てくる気配がした。太白は振り返り、はっと目をみはる。

夏井に手を引かれて歩いてくるあやねは着物姿。

秋色の地に、色艶やかな花々をあしらった訪問着だ。上品な造りで、落ち着いた色合いがあやねの顔を明るく引き立てている。太白は感嘆の声でいった。

「素晴らしいです、あやねさん。お似合いです。確か、これは……」

「ええ、お母さまのお着物ですよね」

「訪問着ですから散策には向きませんけれど、どうしてもあやねさまに着ていただきたくて。よかった、思った以上によく似合っていらっしゃいます」

心からの喜びが浮かぶ顔を、夏井は太白に向ける。

「お母さまがご存命なら、太白さまのご結婚をきっとお喜びだったと思います。素敵な方にお会いできて、幸運だと」

そういうと、夏井はあやねに頭を下げる。

「あやねさま、この別荘を、愛情と幸せに満ちた場所といってくださって、嬉しゅうございました。わたくしからも礼をいわせてくださいませ」

「聞こえていらしたんですね」

「ええ、家守冥利に尽きるお言葉でございました。どうぞ、いつでもお好きなときに、おふたりでお越しくださいませ。いつお見えになられてもいいように、この家はきちんと磨いて、居心地良くしておきます」

背筋を伸ばし、夏井は愛情に満ちたまなざしでふたりを見つめる。

「夏井は家守。大切な場所を、ずっと、お守りしております」

走り出す車の窓から、あやねは夏井に手を振った。

屋敷の前に立つ割烹着姿の夏井は、たちまち木立に呑まれるように隠れてしまう。

気づけばいまきたはずの細道は、森のなかに跡形もなく消えていた。

「結界の一種ですよ」

不思議そうなあやねに向かって、太白が語る。

「高階以外のものが迷い込まないよう、夏井が守っているのです」

「じゃあ、本当にあのお屋敷を離れられないんですね、夏井さん」

車は広い幹線道路に出た。もう、あの幸福な場所はどこにも見えない。あやねは痛ましい想いで、遠くなる森を見つめる。

「もし、太白さんがおつらくないのでしたら……また、何度でも行きたいです」

「そうですね、あやねさんと一緒だったおかげか、僕も穏やかな気持ちであの屋敷にいられました。振り返るにはまだ、苦しい気持ちもありますが」

太白は静かな表情で、フロントガラスを見つめていた。抑えているだけで、このひとのなかにはたくさんの感情があるのだと、あやねは胸に迫る想いを抱く。

正体は恐ろしい力を持つ鬼なのに、半妖であるがために、ふたつの世界の狭間(はざま)にいる。それはどんな心地だろう。あやねには見当もつかない。

ただ、とても孤独な気がした。だからこそ太白は、幸福だった想い出を大切にし、失われた痛みとともに抱え込んでいるのだろう。

車は海沿いの道路をひた走る。

松島の海は窓越しにも様々な姿を見せてくれた。

木立の合間にのぞく青く輝く海。やがて木立が途切れ、広々とした水面をよぎる橋を渡り、埠頭を通り過ぎ、船の浮かぶ港をあとにして、車は走り続ける。

あやねは言葉もなく、その風景に見惚れる。やがて街中から、人家のまばらな道路に入ってゆるやかな斜面を登り、広い駐車場に出た。

「ここは多聞山。昨日話した四大観のひとつ、偉観です」

車から降り立って見回すあやねに、太白が語る。

「四大観は江戸時代、仙台藩の儒学者である舟山万年に選ばれ、ミシュランでも三ツ星に認定された景勝地です。偉観とは、雄大な眺めから名付けられたとか。この先の毘沙門堂の裏手が、その偉観なのです」

太白のあとに続いて、あやねは舗装された煉瓦色の道を歩く。

だが、それが途切れて歩きにくい未舗装の小道になった。案内板では、この小道の先がその毘沙門堂らしい。

狛犬と石塔に挟まれた足場の悪い階段が、お堂へ続いている。

「着物と草履では、ここは上りにくいですね。どうぞ」

「お気遣いありがとうございます、じゃあ、遠慮なく」

太白が伸ばす手に、あやねは自分の手を重ねる。そういえば、以前は手を握るにしても、まるでお手をするようだったな、となんとはなしにおかしく思い出す。

太白に支えられ、あやねは階段を上る。

着慣れない着物と履き慣れない草履で歩きにくく、体がふらつきそうになるたび、太白の力強い手が支えてくれる。

「こちらです。ああ、降りられますか」

太白が振り返って気遣う。

お堂の裏手は、松の木に囲まれた未舗装の地面。段差に木の根が張り出し、滑りやすそう。ふつうなら難なく降りられるけれど、今日のあやねには少々厳しい。

「いえ、大丈夫です。これくらいなら……ひゃ、わっ」

やはりぐらついてしまって、おかしな悲鳴を上げたところを、

「失礼、あやねさん」

太白が横合いから軽々と抱き上げて段差を降りて、あやねが驚いて止める間もなく、さっと地面に降ろす。

「すみません、勝手な真似を」

「え、いえ、あ、ありがとう、ございます」

あやねはしどろもどろに礼を返した。なぜこんなスマートな動きと気遣いができるのに、あやねとの距離を縮めようとしないのだろう。いや、気遣いができるからこそ、彼はあやねの気持ちを思いやって、無遠慮な真似はしないのだ。

どぎまぎしていると、太白がまた手を差し伸べる。

「こちらです、あやねさん」

彼が導く先に手すりとベンチがあり、周囲に茂る松の木がそこだけ抜けて、展望が開けている。太白の手につかまり、あやねは歩を進める。

そして手すりから、目の前の光景を見下ろした。

「……これが、偉観」

それは、圧倒される眺めだった。

どこまでも遠く、白い雲が渡る青い空。緑や紅に染まる木々に彩られる島々。波を蹴立てて、大きな遊覧船と小さな船が行き交う。

海と空の青と、島々の緑と紅、波や雲の白。高台からの胸すくような眺め。

あやねは言葉もなく、その絶景を見つめる。

「……上手く、いえませんけれど」

静かな感動を胸に、あやねはいった。

「太白さんと一緒に、この光景を見られて、嬉しいです」

「僕も、あやねさんと一緒に見たかった」

太白は、深い声で答えた。

「見せたかったんです。ここは、幼いころに母に連れられて幾度も訪れた場所で、お気に入りの眺めのひとつです」

優しい笑みを口元に浮かべて、太白は語る。

「自由というものは……僕にはなにかわかりませんし、あるのかも定かではないですが、ここにいて雄大な眺めを見ていると、景色に自分が溶け込む想いがするのです。生まれや育ちへの物思いも、消えてなくなるような心地に」

あやねは太白を見上げる。いましも眼下をよぎり、港から沖へと向かう船の白い軌跡を、彼は見つめていた。

跡取りという重荷から逃げ出したい、思うままにならない生まれから逃げ出したい、そういう気持ちを彼は持たないだろう。律儀で、責任感の強いひとだから。

あやねの胸に、ひとつの想いが宿る。

でもいまは、その想いがなにか言葉にならなかった。言葉にするよりも、いまはまだ彼と一緒に、胸打たれる景色を見ていたかった。

涼やかな秋風が吹き抜ける木陰で、ふたりはしばし並んで、松島の絶景を見つめ続けた。胸を満たす温かな感慨とともに。

3　猫一代に狸一匹

「花籠チーフ、ちょ～っと、よろしいですぅ？」

松島旅行から帰宅した翌日のこと。

気持ちのいい旅行だったおかげか疲れもなく、やる気満々で出社したあやねがデスクで連絡事項を確認していると、妙に甘ったるい声で小柄な社員がやってきた。

企画営業部のパーティ部門担当リーダーで、名前は小玉（こだま）。あやねの部下にあたる女性だ。といっても、その正体は人間ではなく、鼠（ねずみ）の妖かしである。

「なんでしょう、その猫撫で声……いえ、鼠なら鼠撫で声？」

あやねは警戒しつつ、顔を上げる。小玉は含みのある笑みで答えた。

「無理な変換はしなくていいですよぉ。あのですね、企画営業部内の会議で、来年からハロウィンに合わせた宿泊プランを設定するって決まったじゃないですか。その件で、マーケティング部からチーフにお願いがあるということでぇ」

媚（こ）びるような語尾に、あやねは気の進まない感じの既視感を覚える。

「ええと、それがなにか」

「ぜひに、ハロウィン企画の宣材用スチール撮影で花籠チーフに仮装をぉ」

「お断りします」

最後まで聞く前に、ぴしゃりとあやねは断る。小玉はけげんそうに眉を寄せた。

「どうしてですか、これもホテルの宣伝のためですよ？」

「ホテルの宣伝なら、今月始めのオータムフェアで散々やりました」

オータムフェアで、あやねは太白とともに模擬結婚式を行った。

とっかえひっかえ様々な衣装を着て、あらゆる場所で撮影され、同時に顧客の結婚式もあり、それに絡んで妖かしの襲来もありと、ホテル中を駆けずり回って目も回る有様だった。あれを思い出すと、いくら仕事大好き人間のあやねでも、勘弁してくれという気持ちになる。

「いいですか、わたしはモデルじゃありません」

「だって、美容部のスタッフまで大乗り気なんですよ。花籠チーフ、ふだんは地味だけど素材はいいので、飾り立てて変身させるのがとっても楽しいとぉ」

「わたしはおもちゃでもありませんっ」

再度、あやねはきっぱりと断る。

「もうあんな忙しいのはごめんです。わたしはわたしの仕事をさせてもらいます」

「……ふぅん、そうですかぁ」

ところが小玉は、ゆっくりとうなずいたかと思うと、

「じゃあ、事業統括部長に打診してみますねえ」

「どうしてそこに太……高階部長の名前が出てくるんです」

ますますいやな既視感がして、あやねの警戒心がＭＡＸになる。

「だって、部長はきっと花籠チーフの仮装姿を見たいかなって」

「なっ」

あり得る。あまりにあり得る話。模擬結婚式だって、太白があやねのウェディングドレス姿を見たいからという理由で半ば押し切られたのだ。

「公私混同！　公私混同です！」

「公私混同は、私側がいう言葉じゃないんですかねえ」

「とにかく、二度も三度もやることじゃありません。そのために予算から宣伝費を割り当てているんです。正式なモデルを雇ってください」

あやねの言葉に、小玉は真ん丸な目を細めた。

「……それでは、部長にだけお願いすることにしますねえ」

「はい？」

思わずあやねが訊き返すと、小玉は得意げな顔で答えた。

「ええ、モデルを雇って、高階部長と一緒に撮影していただきます」

「な、なぜ、部長を？　部長だってご自身のお仕事が」

うろたえるあやねに向かって、小玉はにんまりとほほ笑む。

「なぜって、あんな美形ですよ？　下手なモデルを雇うより、事業統括部長ですって名前を出して撮影したほうが、ホテルの宣伝にはうってつけです」

「そんな、部長が引き受けると思いますか」

「引き受けないと思われます？」

問い返されて、あやねは言葉に詰まる。真面目で律儀な太白のこと。高階の家のため、仕事のために、あやねに契約結婚を申し込んでくるほどだ。ホテルの宣伝になると説得されれば、内心はどうあれ、引き受けてもおかしくはない。

「もちろん、ペアになるのはチーフのおっしゃるとおり、プロのモデルさんにお願いします。絵になるでしょうねえ、さぞ」

う、うぐ、と声に詰まるあやねに、小玉の口角が嬉しそうに釣り上がる。

「部長も、チーフ以外の方と並んで仲良くするのは気が進まなくても、仕事とあらば私情を抑えてでもこなされるかと。チーフが、それでよろしければぁ」

「わたしは、べつに、部長の業務に口出しなんてするつもりないですから」

「ですよね、それこそ公私混同ですしね。でも、なにか面白くなさそうな顔されてません？　唇が拗ねて尖ってますよぉ」

小玉はこれ見よがしに、自分の口を尖らせてみせる。

「あの、やり口がちょっとずるくないですか……！」

「なに分、妖かしですしねぇ。チーフよりもだいぶ年も重ねていますし」

にぃ、と笑う小玉に、あやねの口はますます尖ってしまう。

「それでは、ご検討くださいませ。部長にはすでに打診しております」

「ええっ、いつの間に」

問いに答えず、小玉は会釈して自分のデスクへ戻っていく。折しも社内チャットの「ぴこん」という着信音が、手元のタブレットから聞こえてきた。

『ハロウィン企画の件ですが』

メッセージの差出人は、案の定、太白。うわあ、とあやねは頭を抱える。どうせ今回も押し切られるんだ、と気落ちしていると、次のメッセージが入る。

『それとは別件で、ご相談したいことがあります』

なんだろう、とあやねは眉をひそめる。

『百鬼夜行祭当日に、人間の宿泊客の予約が入っているのです』

◆

「すみません、あやねさん。急にお呼び立てしてしまって」

秘書に案内されて執務室に入ると、太白がデスクから立ち上がった。

一緒に朝食を取ったとき顔を合わせたはずなのに、窓からの明るい陽射しのもとで見るスーツ姿は、きりっとして目を奪われる。

確かにこれなら抜群の宣伝になると思いつつ、あやねは仕事モードで答える。

「いえ、大丈夫です。それより、予約が入っているとは本当ですか。百鬼夜行祭の前後三日間は、団体の貸し切りという名目で予約受付不可だったのでは」

「そのはずなのですが、どういうわけかすり抜けていたらしい」

不審そうに太白はいった。あやねもおなじ想いを抱くが、原因の追及よりまずは状況を確認しなければならない。

「こちらの都合でのキャンセルはできないのですか」

「それが、相手が大口顧客の親族なのです」

もの思わしげに太白は眼鏡のブリッジを押さえる。

「お客さまの再婚による顔合わせを兼ねているとのことで、宿泊と同時にこちらのインペリアルラウンジに会食の予約も入れています」

「そんな……。そういう大事な場を断れば、ほかのホテルに顧客が移ることになりかねませんね。しかも青葉の評判を落とすのでは」

「そのとおり。手違いだとお詫びしても信用は損なわれるかと」

太白の言葉に、あやねは青ざめた。

「つまり、どうにかして当日の夜、百鬼夜行祭の参加者と鉢合わせしないようにご案内する……ということですか」

「断らなければ、そうなります」

ふたりは無言で顔を見合わせる。先に口を開いたのはあやねだった。

「無茶じゃないですか。だって、どれぐらいの数の妖かしが参加するんです。県内に住むすべての妖かしが集まるわけでしょう」

「すべてではなく、主だったものたちのみです。とはいえ、数千に届く数ですが」

「数千……そんな、無茶です、無理です」

「無茶でもやれ」

いきなり居丈高な声とともに執務室のドアが開いた。

入ってきたのは青葉グランドホテル総支配人・土門歳星。海外俳優ばりに彫りの深い顔立ちと長身の堂々たる体格、他を威圧する雰囲気を持つ彼の正体は、大天狗だ。

「歳星さん、いったいなにを……！」

「これは、総支配人としての命令だ」

抗議するあやねに、断固として歳星はいった。

「ただでさえ太白は半妖で若輩者。侮ってかかるやつは大勢いる。今回の百鬼夜行祭では、太白の失態を見物にくるものがどれだけいることか。ならば、己がどんな苦難をも切り抜けられる力量があると示さねばならん」

「でしたら、よけいにお断りすべきです」

相手が総支配人でも、あやねは引かずに言い返す。

「そんなときに避けられるアクシデントは避けるべきです。信用を失うのは痛くても、取り戻すことは可能です。お客さまの身に危険が及ぶかもしれないんですよ」

「高階の次期頭領ともあろうものが、困難を避けると？　この不備が、内部のもののしわざだと思わんのか」

「……要するに」

太白が静かにいった。

「百鬼夜行祭の邪魔というよりも、内部のものが僕の力量を測るために行ったと」

歳星は大きくうなずいた。あやねは息を呑む。

「太白さん、まさか、ご宿泊をお受けするつもりですか」

「外部の敵対するものが邪魔をするならともかく、内部のものが僕を危ぶんでのことなら、下手な真似をすれば足元を崩されかねません」

あやねはぐっと言葉を呑む。それも仕方ないだろうか、と思ったとき、

「しかし、お客さまの身の安全が第一です。あやねさんがいうとおり、時間はかかるでしょうが信用を取り戻すことは可能です」

太白が冷静にいった。歳星の表情が険しくなる。

「……人間の側に立つのか、太白」

歳星の低い声が響く。不穏な声音に、はっとあやねは身を強張らせた。

「挑発に乗るような愚かな真似は必要ないということです」

火を噴くまなざしの歳星に、太白は凪のような声で答える。

「すでに妖かしのみで成り立つ世界ではない。僕らは人間と共存しているのをお忘れですか。面子のためにリスクを負うことこそ、馬鹿げているのです」

「おまえのためを思っていっているんだ」

バン、と歳星はデスクを叩いた。

「いまは俺が総支配人だ。命令に従え」

「できかねます」

にらみ合う太白と歳星を、あやねはおろおろと見比べる。宿泊を断るべきと主張したのは自分だが、百鬼夜行祭を前に内部で対立するのは不味い。

「わかりました！」

こらえきれず、あやねはふたりのあいだに割って入る。

「わたしが、お客さまのご案内を引き受けます」

「あやねさん!?」「ほう、よくいった」

「ただし、です」

あやねは歳星を見上げ、強いまなざしできっぱりといった。

「そこまで強要するなら、太白さんにだけ責任を押し付けないで、歳星さんも妖かしの方々を抑えるよう尽力なさってください」

「俺に命令するのか？　大天狗たる俺に、ただの人間風情が！」

歳星が恐ろしい声音でいった。覚えずあやねは身が震えるが、必死に食い下がる。

「で、で、でも、これではあまりに一方的ですから」

「歳星、これは当然の要請です」

太白があやねをかばうように、一歩前に出る。

「僕たちの意向を無視し、命令として強要するなら、総支配人としての責任を果たしてください。でなければ、たとえあやねさんが引き受けるといっても、僕は直属の上司としてその命令には断固として反対します」

「はっ、偉くなったものだな、俺に意見をするとは」

歳星は皮肉たっぷりに返す。しかし、どこか面白がる響きの口調だった。

「いいだろう。俺とて仮にも自分が預かるホテルで不祥事はごめんだ。午後にでも関係者でミーティングをするぞ。それまでに情報と対策案をまとめておけ」

「了解です」「わかりました」

ほっとあやねが息をついたとき、歳星が顔を引き締めていった。

「もうひとつ、重要な話をさせてもらう、太白」

「なんでしょう」

「おまえの父、長庚(ちょうこう)を宮城の地で見かけたものがいる。しかも」

眉をひそめる太白に、険しい声と表情で歳星は告げた。

「あの藤田とかいう陰陽師の姉と一緒にいるところを、だ」

◆

百鬼夜行祭の日は、十月の未の日。日付にすると、十月三十日。

人間の予約が入っているのは、まさにその日だ。

宿泊者は大城戸ひろみと裕司、ひろみの連れ子の卓也の三人。一家は東京在住で、ひろみはＩＴ関連会社の社長、裕司はオフィス街にあるカフェの店主。

ひろみは宮城の出身で、再婚にあたって郷里で兄夫婦と顔合わせをすることになった。その兄というのが、大城戸不動産という会社の経営者だ。

青葉グランドホテルは大城戸不動産と共同出資して、系列のホテルや飲食店を経営している。つまり関係が微妙になれば、青葉の経営にとって大ダメージだ。

あやねはノートＰＣを見つめ、こめかみに指を当てる。

信用は取り戻せると豪語はしたが、不用意に自分の意見を押し通さないほうがよかったのかもしれない。そして、もうひとつの懸念。

〝おまえの父、長庚を宮城の地で見かけたものがいる……〟

しかも、最近のトラブルの元凶である藤田晴和とともに。

歳星は、太白の母亡きあと出奔してしまった長庚と、実はひそかに連絡を取り合っていたらしい。ただ、向こうは居場所を知らせることはなかったという。

だがなんの前触れもなく連絡が途絶え、案じていたところに、そんな不穏な目撃情報が入った。それも、ほんの数日前のことだとか。

重要な情報はすべて握り、状況をコントロールしたい性分の歳星だが、さすがにこの事態では太白に知らせるほうが得策と判断したらしい。

なにも知らずに長庚と再会すれば、向こうの思惑にハマりかねないからだ。

〝……血縁と敵対する羽目にならなければ、よろしいですわね〟

以前、晴和の式神と出会ったときにいわれた言葉を思い出す。その敵対する血縁が、長庚なのか。太白に跡目を譲って姿を消した祖父・啓明の行方も気になる。

頭の痛いことばかりだった。あやねが吐息したとき、ぴこんと社内チャットの着信が入った。宿泊部門の担当者からデータが添付されている。

『大城戸ご夫妻の当日のスケジュールです』

あやねは礼を伝え、スケジュールデータを見る。大城戸一家の到着予定は、三十日の正午。顔合わせの会食は、夕方六時から二十階のインペリアルラウンジ。

スイートルームに宿泊の客のみ使用できるクラブラウンジで、専用フロアにあるため、ここに入れば当日のお祭り騒ぎからは隔離される。

一家の泊まるスイートルームもこのフロアにあるため、出入りの際だけ気をつければいいはずだ。いいはずなのだが……計画通りにいくとも限らない。

ふと思いついて、あやねはチャットにメッセージを打ち込む。

『百鬼夜行祭当日の宿泊は、受け付けていなかったのですよね。どういった経緯で、大城戸夫妻の予約が入ったのですか』

『それが、どうにも不明なのです』

宿泊部門の担当者からの返事が入る。

『各種サイトや旅行会社からも、その日だけは予約受付を停止していたのに、いつの間にか入っていたのです。もしかしたら、システムの不備かもしれません。予算削減のため、今年の八月から、維持費がより安価な、べつのサイトコントローラーに変更したんです』

サイトコントローラーとは、複数の宿泊予約サイトからの予約を、まとめて管理できるオンラインシステムのこと。このシステムのおかげで、いちいち個別のサイトの管理画面にアクセスしなくて済むし、ダブルブッキングなどの不備も防げる。

八月に変更。そういえば、とあやねは思い返す。

太白の祖父・啓明が引退したのが八月。あやねと太白が出会ったのが、その引退表明パーティだった。だがその前後で、青葉内部で退職者が相次いだ。どれもろくな引き継ぎもなく、いまになってもトラブルが尾を引いている。

『でも、システムのせいっていう確かな証拠はないんですよね』

あやねの問いに『はい』との返事。

とりあえずチャットを打ち切って、あやねはノートPCの画面をにらむ。

外部のシステムが原因なら、青葉内のもののしわざかどうかもわからない。誰が信頼できて、信頼できないか、疑心暗鬼にかられるばかりだ。

いまおなじフロアで働く同僚の誰かが、太白の力量を試そうと企(たくら)んでいるか、あるいは裏切っているかも、わからないのだから。

（ハロウィン企画の宣材の話が、このままうやむやになってくれたらいいのに）

しかし真面目な太白のことだから、なかったことにはならないはずだ。

「チーフ、チーフ、ハロウィン企画の件ですけどぉ」

ナイスタイミングなのか折悪しくなのか、小玉がやってきた。

「美容部から、衣装合わせを早めにしたいと」

「まだＯＫしてませんけど⁉　しかも話聞いたの、さっきのいまですけど！」

「まあまあ、モデルさんがするにしろ、チーフがするにしろ、早めに合わせておいたほうがいいと思うんですよねえ。広報もせっついてきてますんで」

「えっ、待ってください？」

小玉の言葉を、あやねは聞きとがめる。

「早めに合わせるって、まさか、もう部長は了解したってことですか？」

「うふふふふ、それではあとで予定を送りますのでぇ」

勝ち誇った笑みを返すと、小玉は退散していった。

あやねは思わず頭を抱える。いつの間に？　太白さんの執務室から戻って、お昼を挟んでまだ二時間程度なのに。そんなに太白さんは、乗り気なの？

などとやり取りしていると、ミーティング時刻十分前になった。対策案を急いでまとめ、あやねはタブレットを持って立ち上がる。

エレベーターに向かいながら、あやねは悩み続ける。

案はできてもどうにも不安が残る。専用のフロアに通して、そこから出さないだけで充分なのか。たとえ大城戸一家をフロア外に出さなくても、外部から兄夫婦は入ってくるし、羽目を外した妖かしたちが紛れ込んでくるかもしれない。

というかハロウィンの企画の宣材撮影についても頭が痛いし……。

エレベーターがやってきた。あやねはぐったりしながら乗り込む。頭のなかは百鬼夜行祭とハロウィンが入り乱れ、いっそごっちゃになりそうだった。

「あやね、やっと帰ってきたであるか！」

一日の業務を終え、高階の屋敷に戻ったあやねを出迎えたのは、水干姿の愛らしい男の子、ことお大師さまだった。

玄関から入ったとたん、お大師さまはあやねに飛びつく。

「ああもう、我慢がならん。あの生意気な小僧から解放されたと思ったら、今度は生意気な猫を押し付けられて」

「なぁにが生意気な猫ですにゃっ」

廊下の奥から三毛猫が走ってきた。

「あやね、小泉こそ子守じゃないですにゃ。こんな古狸の面倒を、なんで見なきゃならないんですにゃ」

二股尻尾でばんばんと床を叩きながら、三毛猫で化け猫の小泉さんが訴える。

「ごめんなさい、お大師さまがなにかご迷惑をおかけしませんでした？」

「迷惑とは失礼な。我は大変にいい子にしておったぞ」

お大師さまは、あやねの足に抱きついてぐりぐり頭をこすりつける。

「本性を出すですにゃ、古狸」

小泉さんがお大師さまの袴の裾をくわえて引っ張る。

「可愛い子どもの姿をしているけれど、どうせ中身は爺なんですにゃ」

「我の人型は大昔から、大僧侶とこの形である」

お大師さまは腰に手を当てて胸を張る。

「弁財天さまが、稚児姿の我を気に入ってくれたのでな」

「外見が可愛くっても、中身が駄目なんですにゃっ」

「はいはい、喧嘩しないでください」

あやねは小泉さんとお大師さまを引き剝がし、自室へと向かう。

「食事はまだですか、おふたりとも」

「まだである。いい匂いがさっきからしているのである」

「まだですにゃ。この狸を押さえるのに大変だったんですにゃ」

「じゃあ、着替えたら一緒に夕食にしましょう。太白さんは？」

小泉さんとお大師さまは、同時にふるふると首を振る。なかなか可愛い。

「はいはい、狸はあやねの部屋に入ったら駄目ですにゃっ」

「当たり前である。おなごの着替えの場に入るなど、失礼千万。あやね、ではあちらの食事の場で待っておるぞ」

小泉さんに袴の裾を引っ張られながら、お大師さまはリビングへと消えていく。あやねはそれを見送って、自室のドアを閉めた。

（太白さんに、ハロウィン企画や百鬼夜行祭のこと、確認したかったのにな）

午後のミーティングは、滞りなく終わった。

三十日の夕方から、大城戸一家と兄夫婦を専用フロアから出さない。フロアに至るエレベーターも、その時間帯は一台をのぞいて結界で閉ざす、と決定した。

歳星は、出入りに際して妖かしたちに邪魔をさせないことを約束した。

もちろんあやねも、大城戸一家が百鬼夜行祭に入り込まないように注意する。

当日、太白は総代として会場に詰めていなくてはならない。これまで祖父・啓明が行ってきた一部始終を間近で見てきたし、いずれ受け継ぐものと手順も教えられていた。毎年のことで準備は万端。リハーサルを入念に行えば済む。

今日は十月の十日。あと二十日。それなりに余裕のある期間だ。

とはいえ、あやねはまったく楽観していなかった。

〝……晴和、たぶん百鬼夜行祭に介入してくるよ〟

一昨日、去り際に晴永が残した言葉がずっと耳から離れない。

いったい、どんなふうに介入してくるのだろう。今回大城戸一家の宿泊が手違いで入ってしまったのも、晴和のしわざかもしれない。

なにより、まだ跡目を継いでいない太白が総代なのだ。お大師さまの縄張りを奪おうとした蛇ヶ崎のように、半妖の若造と侮って、高階の縄張りを乗っ取ろうとするものも、傘下を離れて思うままに振る舞おうとするものもいるはずだ。

そうなれば陰陽寮も黙ってはいまい。宮城の地に乗り込んで、荒れる妖かしたちを封じようとするだろう。

もしもそんな事態になったなら、間違いなく太白もそれに巻き込まれる。そのとき彼は、人間と妖かしたちと、どちらの側に味方するだろうか……。

はあ、とあやねは服を脱ぎながら吐息する。

最近事情を知った自分でさえ、これだけのトラブルを考え付くのだ。今年の百鬼夜行祭が、穏当に済むとはとうてい思えなかった。

「あやね、太白が帰ってきたみたいですにゃ」

部屋の外から小泉さんの声が聞こえて、あわててあやねは、途中だった化粧直しと、ラフだがちゃんとした服装への着替えを終えて、自室の外に出る。

リビングのドアを開けたとたん、廊下側のドアが開いた。

「お帰りなさい、太白さん」

ネクタイをゆるめながら入ってきた太白に、あやねは声をかける。

「帰っていたんですね、あやねさん。はい、ただいま帰りました」

「夫婦のくせに、相変わらず堅苦しいあいさつですにゃあ」

あやねの足元に体をこすりつけながら、小泉さんがいった。

「最近は、これも夫婦の個性かもしれないと思い始めたですけどにゃ、遠慮せず、ただいまのキスのひとつくらいすればいいですにゃ」

「し、しませんよ、そんなこと」「小泉さん、あのですねえ」

太白はうろたえ、あやねは呆れ声を上げる。

「それより、夕食にしましょう。お大師さまも一緒に」

「お待たせしてすみません、いま着替えます」

そういって太白はリビングから自室へと入っていく。心なしか疲れた背中をしていた。ミーティング後から帰宅までになにかあったのだろうか。

あやねはダイニングに向かい、すでに用意されていた料理を温め、皿を並べる。

最近、屋敷で太白と食事を取るときは使用人による給仕を使わなくなった。むろん、料理は専属の料理人に作ってもらうが、配膳は先に帰宅したほうが行う。たいてい仕事の話をしながらいただくので、給仕に邪魔されたくないからだ。

「ふむ、今日の夕餉はなんであるか」

お大師さまが、配膳をするあやねのそばまでやってくる。少年の背丈は低くて、ダイニングテーブルにやっと頭が出るくらいだ。

「今日はブリ大根と、叩きごぼうの胡麻和え、白菜と鶏手羽のスープです」

「うむ、うむ、美味しそうである」

お大師さまは嬉しそうにぴょんぴょんと跳ねる。

「お大師さまって、いつもなにを召し上がってるんです」

「木の実や果実、魚、それと虫や鳥やミミズだ」

「む、虫？　鳥やミミズ!?」

「さよう、人間とおなじく雑食である。むろん、長いことこの世にあるゆえ、人間の食事に相伴預かったことも多々ある。とはいえ、ここ百年ほどは縁がなかった」

わくわくした顔で、少年はあやねが並べる皿を見つめる。

「久しぶりの人間の夕餉である。誰かとともにするのもな。ああいや、ここにきた初日は、あの晴永という小僧と宿で一緒に取ったが」

「こら、見てないで少しは手伝うなりなんなりするですにゃ」

ぱし、と小泉さんが二股尻尾でお大師さまの足をはたいた。

「なにをいう、我は客であるぞ。もてなされるのは当然である」

「初日から客間で高いびきする客なんていないですにゃっ」

「はいはい、おふたりとも仲がいいですね」

「いや、小泉がかまってくるだけであるぞ」「仲なんてよくないですにゃっ」

あやねが笑いながら配膳を終えると、ラフな私服の太白が出てきた。

双方の自室には、プライベートのサニタリールームがある。きちんと顔を洗って身支度もしてきたようで、疲れた様子はうかがえない。

とはいえ、あまり浮かない表情なのは確かだ。

「すみません、あやねさん。配膳の手伝いもせず任せきりで」

「いえ、わたしのほうが先に帰っていましたから」

やけに謝罪が多いのも気になる。とりあえず、一同は席につく。

あやねと太白は向かい側、お大師さまはあやねの隣でクッションを積んだ椅子。

小泉さんは専用のフードスタンドで、陶器のお皿に盛られたおなじ献立を食べている。猫なのに人間用の食事でいいのか、とあやねは当初思ったが、妖かしだから猫であって猫ではないのかもしれない、と最近は慣れてきた。

「わあ……ブリ大根、美味しいですね」

ほかほかの白いご飯と一緒に食べて、あやねはうっとりとつぶやく。

やわらかく味の染みた大根、脂がたっぷり乗ったブリ、ご飯を無限にお代わりできそう。丁寧な下ごしらえと絶妙な味付けのおかげだ。

高階家での食事は、カロリーが高くなく、薄味でバランスもよく、毎日飽きずに食べられる献立ばかりで嬉しい。あやねも太白も仕事での外食が多く、屋敷での食事は奇をてらったものより、家庭料理を食べたいのだ。

「うむ、美味だ、美味である。腕のいい料理人がおるようだな」

お大師さまもお茶碗（ちゃわん）を小さな手で抱え、ご飯粒を飛ばしてかっ込んでいる。あやねはさりげなくティッシュで顔を拭いてやりつつ、太白にいった。

「こういうの食べたかったんです。白菜と手羽先のスープも優しい味付けで美味しい。ほっとする味ですね」

「あやねさんは、いつもそうやって美味しそうに食べてくれる。料理人も作りがいがあると思います」

太白はほほ笑むが、どうにもどこか上の空だ。あやねは箸を置いて尋ねる。

「帰宅前になにかあったのですか。元気、なさそうです」

「さすが、あやねさんは鋭いですね」

太白は思わし気に眉を寄せる。

「父、長庚が藤田さんの姉と一緒にいるらしい、という噂の件です。帰宅前に歳星から続報が入りまして」

「え……どんな続報ですか」

「実は、父だけでなく、祖父の啓明も行動をともにしているらしいのです」

あやねの血の気が、すっと引く。

ふたりの緊張気味の会話に、小泉さんが食べるのをやめて頭をもたげる。

「なんだ、啓明がどうかしたのであるか」

ご飯粒をつけた顔を向けるお大師さまに、あやねは答える。

「厄介な相手と組んでいる可能性が高いんです。太白さんや高階の家にとって、不利な展開になる可能性が高いのに」

「ふうん、わからんでもないであるな」

　あやねが「え？」と訊き返すと、お大師さまは腕組みをして偉そうに答える。

「あやつは昔から、力で屈服させようという傾向がある。嵩にかかって威張り散らしたり、むやみに有能さを誇示などせぬが、あくまで〝鬼〟としての己が第一である。厄介な相手を味方につけるのも、自分を強くするためであろうな」

「そんな。それじゃ自分の力を知らしめるためなら、高階の家や、孫の太白さんがどうなってもいいとでもいうんですか」

　思わずあやねが身を乗り出すと、太白が静かにいった。

「そうですね、僕が知る祖父はそういう性分だ」

「太白さん……」

「いい機会だ。僕の家族……と呼ぶべきなのかわかりませんが、祖父と父について、ちゃんとお話ししましょう。せっかくの食事の最中で、申し訳ないのですが」

「いいえ、ぜひ聞かせてください。お願いします」

　あやねが居住まいを正すと、お大師さまが不思議そうに声を上げる。

「夫婦なのに、家族のことも話しておらぬのか？」

「あえて僕が避けてきたのですよ」

太白が穏やかに答える。

「僕が話す気になるまで、あやねさんはそっとしておいてくれたのです」

「ふうむ、よくわからぬが。妖かしと人間の夫婦とは、そういうものなのか」

「話を混ぜっ返すでないですにゃ、この狸」

さえぎるように、小泉さんがお大師さまの膝に乗る。

「はるか昔、高階の家は宮廷で〝方相氏〟を務めていました。この辺りは小泉さんから話をしてくれたと聞いています」

方相氏。かつて大晦日(おおみそか)に疫鬼を祓う役を担う宮廷の役人であったという。

「時代が下るにつれ、本来〝鬼〟を祓うものであった方相氏は、鬼と同一のものとみなされるようになりました。人間でありながら、鬼となったのです。祖父は、その過渡期に生まれたのだとか」

太白はテーブルのうえで手を組み、目を伏せる。

「人間には鬼として追われ、かといって妖かしには人間とみなされて忌避され、どちらにも属せない。しかし、自分を鬼と追う人間のもとには戻れない、ならば妖かしとして永らえていこうと考えたようです」

「つまり……その過程で、妖かしたちを束ねるようになったのですか」

太白がうなずくと、小泉さんが訳知り顔に語る。

「小泉は二百年ほどしか生きていにゃいですけどにゃ、妖かしを次々に屈服させていく啓明の凄まじさは話に聞いているですにゃ」

あやねは一度だけかいま見た啓明の姿を思い出す。

太白の祖父だけあって、銀髪が印象的な優しく穏やかな面立ち、鼻筋の通った美形ぶり。とてもそんなふうには見えなかった。

「なんと、小泉はたったの二百歳か。ずいぶんな子猫ちゃんである」

お大師さまが大根をもぐもぐしながらいった。

「うるさいですにゃ。その子猫に世話を焼かれる狸は誰ですにゃ」

「うわうわ、やめるのだ、くすぐったいのであるぞ」

小泉さんに尻尾で顔をはたかれ、お大師さまが声を上げる。そのなかで、太白は淡々と話を続ける。

「父の長庚は明治時代の初めに生まれました。祖母は狐です」

「狐？　もしや、白木路さんとか？」

「いえ、違います。白木路の血縁ではありませんが」

そういって、太白はまた目を落とす。

「鬼と狐の資質を受け継ぐ父は、強大な力を持つはずでした。しかし、気難しく神経質な学究肌で、争いごとより思索を好む性分の父は、偉大な祖父の陰に甘んじて隠れ、決して表に出ようとはしなかったのです」

「それじゃあ、お祖父さまとお父さまは、相容れなかったのでは……」

「ええ、おそらく祖父は、鬼らしくない父に失望していたのではないかと。反対を押し切って人間である母を選んだことにも、です」

「だから、太白さんの教育係として歳星さんを選んだのですね」

そのとおり、と太白はうなずく。

「僕を、高階の跡取りとしてふさわしく育て上げるために」

あやねは押し黙る。そのことを太白はどう思っているのかとは訊けなかった。

疑いたくはないが、小泉さんもお大師さまも、妖かし側である。もしも太白の口から、高階の跡を継ぐことに否定的な言葉を引き出してしまったら、彼の立場が危うくなってしまうかもしれない。

〝……人間の側に立つのか〟

歳星の凄みある声が、いまだ耳朶に残っている。何百年経っても、高階は試されているのだ。鬼であっても、妖かし側なのか、人間側なのか。

「ですから、祖父と父が行動をともにしていると聞いて、正直僕は驚いています。なぜいまさらと。それにもあの藤田さんの姉が関与しているのか、と」

太白の言葉に、あやねは慎重に口を開く。

「彼女がひっかき回すのが好きな性分なら、考えられますね。そしてお祖父さまが、高階の家より〝鬼〟であるほうが大事なら、それは……」

「ええ。僕と対立、もしくは敵対する可能性がある」

胸が重苦しくなり、あやねはテーブルに置いた手を握り締める。

「いまはまだ憶測に過ぎません。しかし、〝彼女〟のこれまでの行動からして、弟に与する僕が不利になるよう動くはずです」

「お祖父さまとお父さまが太白さんと対立するなら、いま高階に味方してくれている妖かしたちは、どうなるんでしょう」

「白木路は、危ういですね」

太白は険しく眉を寄せる。

「彼女は祖父に心酔しています。彼女の一族のひとりである祖母はすでに高階を離れていますが、それとは関係なく祖父に味方する確率が高い」

「じゃあ、歳星さんは……」

「不明です。あらゆる情報を集めてから、自分が有利になる側を取るかもしれない。ただ、歳星は父の長庚と仲がよかった」

眼鏡の奥のまなざしが、どこか哀しげに曇る。

「不甲斐ない俺に代わって息子を頼むと、よく歳星にいっていましたので。歳星自身は、情けないことをいうなと遠慮なくいい返していましたが」

「だから、口では厳しくいっても、太白さんに味方していたのですね」

しかし、その父の長庚が太白と対立するなら……。

あやねは言葉にしなかったが、お互いおなじ考えなのは確かだった。

「大丈夫ですにゃ。少なくとも小泉は、あやねと太白の味方ですにゃ」

小泉さんが明るい声を上げる。太白が嬉しそうに頭を下げる。

「ありがとうございます。大変に心強い」

「子猫ちゃんのくせに偉そうであるな。よし、ならば」

お大師さまが椅子のうえに立ち上がる。

「美味い食事とふかふかの布団のお礼として、我も今月の百鬼夜行祭まではあやねたちに味方しようではないか。我がいるならば、千人力であるぞ」

「役に立つんですかにゃ、この古狸……」

「うむ、子猫ちゃんよりは大いに役立つである」

「にゃんですと。小泉の恐ろしさ見せてやるですにゃ」

「はいはい、仲がいいのもそこまでにしてください」

あやねは笑って、小泉さんを抱き上げていい合いを止める。

「そうだ、太白さん、訊きたいことがあったんです」

ふと思いついて、あやねは太白に目を向ける。

「ハロウィン企画の宣材撮影の件ですけれど」

「はい、あやねさんはOKと小玉さんよりうかがって、僕も快諾しました」

「はぁあ!? してません、まったくしていませんっ」

あの鼠！　とあやねは胸のうちで悪態をつく。明日絶対問い詰めるんだから。

「しかし、あやねさんのハロウィン衣装はぜひ拝見したいのですが」

「やっぱり……太白さん、そういうと思った」

あやねは両手で顔を覆った。

「わたしのコスプレなんて、見たって仕方ないじゃないですか……」

「なぜです。先日の模擬結婚式の衣装も、母の訪問着もよく似合っていました。僕としては、あやねさんの色んな姿を見られるのは嬉しいのですが。駄目でしょうか」

太白の不安そうな声が聞こえた。ううう、とあやねはうなだれて、それから大きく息をつくと、力なく答えた。

「わかりました……やります」

「よかった、そういっていただけて」

日頃のクールなイケメンぶりはどこへやら、本当に嬉しそうにニコニコとして太白がいうので、あやねは頬が熱くなる。

(あーあ、わたしって太白さんのおねだりに弱いんだなあ)

どうして弱いのか、とふと考えて、さらに顔が赤くなった。

「はいはい、ごちそうさまでしたにゃ！」

小泉さんが呆れたように声を上げる。

「まったく、他人行儀なのは言葉遣いだけで、実はこの夫婦大変にラブラブですにゃあ。いや、まだまだ新婚ということですかにゃ」

「こ、小泉さんっ、あの、ラブラブとかそういうことは」

あわてるあやねに、小泉さんは「はいはいですにゃ」とぞんざいに返す。

「ほら、狸もいつまでも食べてないで、夫婦水入らずにさせてあげるですにゃ」

「我はまだごちそうさまではないぞ。お代わり！」

お大師さまが突き出すお茶碗を太白が苦笑して受け取り、山盛りにして返す。

「あやねも太白も、夕餉が途中ではないか。苦難のさなかに空腹では力が出ないのだ。きちんと食べねば、美味しく作ってくれた料理人にも申し訳ないのである」

「この狸……ほんと偉そうですにゃ……」

小泉さんが呆れたようにいって、あやねと太白は一緒に笑って、そうして夕餉の席は和やかに進んでいった。

◆

使用人が自分たちの領域に立ち去り、小泉さんとお大師さまが客間の布団で団子状態になって寝静まる深夜。

あやねは自室を出て、リビングから通じるテラスへと出た。

結界に守られている高階の屋敷だが、不思議なことに季節感は保たれている。テラスから望む庭は、リビングの灯(あか)りに照らされて、咲き誇る秋明菊がよく見える。白と桃色の控えめで可憐(かれん)な花が彩る庭先は、夜に見ても心和む眺めだった。

「この時間でこの場所なら、誰にも聞かれないはずです」

リビングから出てくる太白に、あやねは振り返る。

「すみません、深夜に呼び出してしまって」

「いいえ、今日はなんだか色々考えてしまって、寝られなかったので」

「僕の話のせいですね」

申し訳なさそうに太白は眼鏡の奥の目を伏せる。否定しようと思ったが、確かに夕食のときの話のせいなので、あやねはなにもいえず口をつぐんだ。

「それで、折り入ってお話ってなんでしょう」

「実は……とても、いいにくいことなのですが」

太白はためらうと、自分を見上げるあやねから目をそらして、いった。

「――僕と、離婚する気持ちはありますか」

一瞬、あやねは太白の言葉がわからなかった。

「え、えっと、それは、どういう意味……ですか」

うろたえながら問い返すあやねに、太白は目を伏せて答える。

「いえ、いい直します。僕との契約を解除していただけますか。もちろん、契約半ばですから違約金は払います」

「契約……解除って……」

あやねは呆然と繰り返す。

「以前にもお話ししたとおり、違約金をお支払いするだけでなく、中途での契約解除でも青葉グランドホテル系列のホテルの要職をご用意しますので」

太白は眼鏡のブリッジを直しながら話す。大きな手で顔を隠されて、あやねにはその表情が見えない。それが不安をいっそうかき立てる。

「なに、なにを……いうん、ですか、太白さん」

混乱に、しどろもどろであやねは言葉を絞り出す。

「わたしの働きに、なにか不満でもあるのでしょうか。理由を教えてください、一方的に契約解除なんて、納得できません」

「違います。あやねさんの能力に不満などありません。ただ、その」

太白は申し訳なさそうに目を伏せる。

「可能ならこの地を離れてもらいたい。それだけです」

「……もしかして」

はたとあやねは気づいた。混乱がすっと消え、憤りの感情が込み上げてくる。

「巻き込むのがいやだっていうことですか。お祖父さまやお父さまとの対立に」

「端的にいえば、そうです」

太白は冷静に返すが、あやねはますます腹が立ってくる。

「いまさらですか。もう危険な目になんて充分以上に遭ってきました。それでもわたしは、自分の選択で太白さんのそばにいるんです」

「これまでは幸運だっただけです。しかし祖父と父だけでなく、白木路や歳星も敵対する可能性があるなら、あやねさんを守り切る自信が僕にはありません」

「いつ〝守って〟なんて、わたしがいいましたか！」

カッとなっていい放ってから、はっとあやねは我に返る。

「……すみません、ご心配してくださってるのは、わかります。わたしも自分がただの人間で、太白さんの力になれないのが悔しい。でも」

言葉が詰まった。あやねはうつむき、歯を食いしばり、懸命に込み上げる感情を抑え込んで、息をひそめるようにしていった。

「でも、わたしの気持ちも、考えていただけませんか……」

「……あやねさん」

「そばを離れて、太白さんがどうなったかずっと心配するだけなんて、無理です。わたしは、確かに妖かしには対抗できません。ですけれど、何度もいってるはずです。お互いができることをして、補い合おうって。それがパートナーだって」

あやねは瞬きして落ちてきそうな涙をこらえると、太白を振り仰ぐ。

「契約解除なんてしません。絶対に離れたりなんてしません。わたしは」

唇が震えた。あふれそうな感情に、必死になってせき止める涙がこぼれそうになって、あやねは口をつぐむ。

泣いたらだめ。涙ではなくて、言葉で太白さんに伝えなくては。

深呼吸すると、あやねは吐息とともに声を絞り出す。

「わたしは、なにがあっても、太白さんと一緒に、います」

夜の静けさに、あやねの強い意志のこもった言葉が響く。太白はしばし、無言であやねを見下ろしていたが、ふいに、

「……すみませんでした、本当に」

「た、太白さん⁉」

自分の肩に顔を伏せる太白に、あやねはうろたえる。

「あやねさんの覚悟や強さを、見誤っていました。いや、僕の不安をあやねさんにぶつけただけです。祖父や父や、仲間と対立するかもしれない。対立して、孤立無援になって、守りたいものも守れないかもしれないと。なによりも」

苦しげな声が、伏せた顔の下から聞こえる。

「……あなたを、失うかもしれない。そんなのは、耐えられない」

「太白さん……」

あやねは思わず、太白の頭にそっと腕を回す。可憐な秋明菊がひっそりと咲く庭を臨むテラスで、あやねは太白を守るように抱きしめる。

腕のなかで、ぽつりと太白がつぶやいた。

「僕は、とても弱い人間で、弱い妖かしだ。……情けないですね」

「太白さんが弱いことなんて、とっくに知ってます」

あやねは笑いながら、ぎゅ、と太白の頭を抱きしめる。

「わたしだって弱いです。でもふたりでいたら、少しは強くなれるかなって」

「そうですね、少なくとも僕は、あやねさんがそばにいるといってくれたことで、心が励まされました」

太白は、あやねの背中をおずおずと抱きしめると、ふうと息をつく。それから、やっと頭を上げる。あやねを見下ろすその顔は、前髪がいくぶん乱れている以外は、いつもの冷静で穏やかな表情だった。

「ありがとうございます。とにかく、万全の態勢で挑まなくては。あまり気は進みませんが、藤田さんにもご協力を乞う必要があります」

「ええ、あの方の力がきっと必要だと思います。そうだ、どうせなら当日はハロウィンパーティということに偽装しませんか。もし人間のお客さまが妖かしのお客さまと出くわしても、仮装としてごまかせます」

「じゃあ、いっそのこと撮影も当日にしますか。あやねさんのコスプレ姿を見せてもらえたら、僕もがんばれる気がします」

「ええっ、太白さん、それちょっとずるくないですか」

いたずらっぽい笑みの太白に、あやねはふくれっ面でいい返す。

ふたりの笑い声が、夜のテラスに楽しそうに響いた。

◆

「というわけで、ハロウィンの衣装はこのような感じになっております」

美容室のチーフが、ハンガーにずらりとかかった衣装を示す。

魔女、キョンシー、黒猫、海賊、吸血鬼……どれもこれも、あやねの感覚からするとあまりに奇抜に見える。

「あやねさまがモデルを引き受けてくださって、嬉しゅうございますわ」

チーフが楽しそうにいくつもの衣装を広げる。あやねはため息をついた。

「わたしみたいな素人がモデルになっても、映えないと思うんですけど」

「素人で、撮影に慣れてない感じだから、いいんじゃありませんか」

「そう、そう」「初々しいっていうのか」「ハロウィンに参加のお客さまだって、当たり前に素人ですものね」

チーフやスタッフがあやねを取り囲んで口々にいった。他人事だと思って勝手なことを、あやねは吐息する。

「でもまさか、百鬼夜行祭をハロウィンパーティに擬装なんて」

ミニスカートの魔女の衣装を当てながら、チーフがいった。百鬼夜行祭への準備は滞りなく進み、祭り当日まであと数日である。

「そのパーティも、人間のお客さまが紛れ込んだための名目ですわよね」

「あやねさまもお忙しいのに、コスプレして接客なんでしょう」

チーフとあやねの会話に、スタッフたちが割り込んだ。

「啓明さまの引退辺りから、トラブルばかりで」「啓明さまがいらっしゃらないから、今年は羽目を外したがるものが多そうですし」

「ほら、要らないことはいわないの」

さんざめくスタッフをチーフがたしなめると、衣装を取ってあやねに当てる。

「着てみないとわかりませんわね。身長とお顔立ちからして、まずはこちらの小悪魔風魔女のミニスカ衣装はいかがでしょう」

「やっぱり着せ替えドール扱いですか……」

あやねはあきらめて、これも業務の一環と心を無にする。正直、小悪魔風ミニスカなんてきつい。しかも太白は総代として忙しく、コスプレをしないというのだ。

(わたしだって、太白さんのハロウィン衣装見たかったんだけどなあ)

あやねはむくれながら、着替えスペースに入る。

「そういえば、宮城の地で啓明さまと長庚さまをお見かけしたって噂」

衣装を着ていると、外で待機中のスタッフの会話が耳に入ってくる。

「あれって、どういうことでしょう」「百鬼夜行祭に出られるために、お戻りになられたのかしら」「でも、なぜ高階に顔をお出しにならないんでしょう」「啓明さまだけならまだしも、十年も行方知れずだった長庚さまが、どうして……」

あやねは黙って衣装のボタンをはめる。

わざと聞かせているのだろうか。以前にもこの美容室に、晴和の式神がスタッフを装って入り込んでいた。もしかしたら、またおなじように……。

駄目だ、なにもかもが怪しく思えてしまう。あやねは重い息を吐く。

いまのところ、啓明や長庚からは表立った働きかけはない。見せつけるように、各地で姿を現すだけだ。そして必ず、そばには晴和らしき女性がいる。

いったい、なにを企んでいるのか。思わせぶりな動向に、浮足立っている妖かしたちもいるとの情報が入ってきている。

歳星や白木路は様子見の姿勢である。百鬼夜行祭でも、妖かしの客が羽目を外しすぎないように目を配ると約束してくれた。啓明たちの思惑が不明ならば、とりあえず太白に味方するほかはない、といったところなのかもしれないけれど。

ふう、とあやねはまた息をひとつついて、衣装のボタンをはめ終わる。帽子をかぶり、顔を上げて、見ないようにしていた鏡を見る。

そこにはとんがり帽子をかぶり、オレンジの差し色が入った黒のレースのミニスカート姿の魔女っ子が立っていた。かぼちゃ柄のオレンジタイツが、さらに痛い。

「……やっぱりナシでしょ、こんな格好」

「あらぁ、お似合いですわ！」「あやねさま、可愛い！」

見計らったようにカーテンが開けられて、チーフやスタッフがのぞきこむ。

「いやいやいやいや、まったくお似合いじゃありません、やめです。やめます！」

「大丈夫、メイクすればもっと素敵になりますよ」「せっかくなら、いまからゴス風メイクをしてみません？」「次は花魁衣装を着ていただきたいです」

「いやっ、もう勘弁してくださーいっ！」

悲鳴を上げるあやねを、まるで獲物に群がるようにスタッフたちが取り囲んで、ドレッサーの前へと連行していった。

十月三十日。天気予報は、今日明日ともに晴天。

高く澄んだ青空の下、青葉グランドホテルの車寄せに一台のハイヤーが停まる。

運転手がドアを開けると、化粧気のないすっきりした顔に長い髪をまとめた女性が降り立った。歩きやすそうなワークシューズとパンツルックで、お腹が大きくふくらんでいる。そのあとに穏やかな面立ちでラフなスタイルの、髭の男性が続いた。

運転手がトランクから荷物を下ろすあいだ、女性が車内をのぞきこむ。

「卓也、降りなさい」

しかし返事はなく、動く気配もない。女性は少しきつい口調でいった。

「卓也、いい加減になさいよ」

「まあまあ、ひろみさん。おいで、卓也くん」

髭の男性が声をかけると、渋々というふうにゆっくりとエナメルの靴を履いた細い両足が現れて、少年が降り立った。

卓也というらしい少年は、まだ六、七歳くらい。いかにも不機嫌そうにむっつりと唇を引き結び、靴先でアスファルトの地面をかいている。

ひろみと呼ばれた女性は、眉を寄せて腰に手を当てた。

「まだ機嫌が直らないの。仕方ないでしょ、今日しか空いてなかったんだから」

ふん、と卓也はそっぽを向く。ひろみは肩を落とす。

「もうすぐお兄ちゃんになるっていうのに、こんなに聞き分けがないなんて」

「いや、無理に連れてきたのは僕らだから」

髭の男性が優しく取りなすと、ひろみはむっとした顔でいい返す。

「裕司さん、ちょっとこの子に甘すぎ」

「だが、卓也くんの気持ちも考えないと」

「そうだよ、家にいたかったんだ。友だちの家に遊びに行く約束だったのに」

卓也が強い口調でいうと、はあ、とひろみは大きなため息をつく。

「一泊したら、東京に戻るでしょう。卓也の好きなところに連れていってあげるから。ほら、恐竜とか標本とか好きじゃない。東北大学の総合学術博物館は、どう」

「東京の博物館のほうがいい」

「卓也。そろそろママ、怒るわよ」

「まあまあ、運転手さんが困ってるから。ね」

裕司がなだめて、三人はホテルのなかへ歩き出す。

「お義兄さんとの顔合わせは、今夜の会食だけでよかったんだね？」

「ええ、あちらも忙しいから」

「会食までは僕が卓也くんと観光に行くから、君はホテルで休んでいたらどうかな。移動ばかりで、お腹が張って苦しいんじゃないか」

歩きながら話す裕司とひろみの後ろから、卓也はふてくされながらついてくる。

「わあ、すごい」

しかしエントランスから一歩入ったとたん、卓也が嬉しそうな声を上げる。ホテル内は、ハロウィン仕様に飾り付けられていたのだ。

ロビーの吹き抜けには、巨大なツリーが置かれていて、コウモリやゴーストなどのモンスターたちが梢を飾っている。ジャックオーランタンがオレンジの彩りを添えて、目を引く派手さだ。とはいえ不思議とホテルの高級感を損なわないのは、モチーフこそ奇抜でも、統一されて落ち着いた色調やデザインのおかげだろう。

「ようこそお越しくださいました、大城戸さま」

待ち構えていたホテルの制服姿のあやねが、フロント前で一家を出迎える。

「専属ガイドを務めさせていただきます、花籠あやねと申します」

「ガイド？　そんなサービス、頼んでいないんですけれど」

不審そうに眉をひそめるひろみに、あやねは頭を下げる。

「申し訳ございません。実は今夜、当ホテルで団体さまによる貸し切りのハロウィンパーティがございまして。混乱を避けるために、ご案内させていただきます」

「そうだったんですか。間が悪いこと」

ふう、とひろみは息をつく。大きなお腹が苦しいらしい。

「お疲れでしょう。アーリーチェックインということで、お部屋はすでにご用意が整っております。どうぞ、ゆっくりお休みくださいませ」

「ありがとう、お世話になります」

「お食事はお部屋でも可能です。何時からがご希望でしょう」

ベルボーイがドアマンから荷物を受け取り、あやねたちのあとに続く。

「大城戸さまのお部屋は二十階の専用フロアにございます。会食の場所であるインペリアルラウンジも、おなじフロアとなっております」

「昼食はどうする。僕らと一緒に部屋で取るかい」

裕司が尋ねると、ひろみはうなずく。

「そうする。そのあと、会食まで少し部屋で寝ているわ」

「そうだね、無理しないほうがいい。じゃあ、卓也くん。博物館に行く前にみんなでランチにしようか。なにが食べたいかな」

「卓也。外では聞き分けよくして、裕司さんを困らせないでよ」

ひろみの言葉に、しかし卓也は返事をせずに顔をそむける。

一団はあやねに案内されて、エレベーターへと向かっていった。


「大城戸さま、ご案内いたしました」

ロビーまで降りてから、あやねは太白に電話をかける。

「ランチ後に東北大学の博物館へ観光に行かれるそうなので、同行します」

『お疲れさまです。外でなにがあるかわかりません。くれぐれも気を付けて……僕が同行できればよかったのですが』

「大丈夫です、桃生さんと藤田さんがついていますから」

『それでも、ですよ。いや』

太白は、どこか切実な声音でいった。

『ただ、僕が一緒にいたかっただけです』

真っ直ぐな言葉に、あやねは嬉しさと照れくささで顔が熱くなる。

「なにかあれば、スマホか藤田さんの式神経由でご連絡しますから」

『お願いします。それと……父の画像が手に入りました』

「お父さまの？　そういえば、見せていただくのは初めてです」

『父は写真嫌いだったので、残さなかったのです。しかしこれだけ各地で目撃されているとなると、さすがに一枚くらいは手に入りました。念のためお送りします』

「わかりました。もし出先で見かけたらご連絡します」

『お願いします。父は……まったく姿は変わっていませんでした』

どこか苦さを感じる声音で、太白はいった。

『僕が最後に……母の葬儀のときに見た姿と。妖かしですから当然ですが』

それでは、と太白が通話を切る。

即座にトークアプリで画像が送られてきた。いくぶん離れた場所から撮られた写真のようだが、顔はなんとかわかる。

黒灰色の和装姿、肩まで伸ばした真っ直ぐな髪に穏やかな面立ち。

〝神経質な学究肌〟と太白はいっていたが、確かに学者然とした雰囲気があった。そして、太白によく似た美青年。とても父親という歳には見えないが、妖かしなら実年齢などまったく無意味だろう。

「これが、太白さんのお父さま……それと」

あやねは、長庚の隣に立つ女性を見つめる。

長い髪と大きなつばの黒い帽子と黒いワンピース、顔を隠す大きな黒いサングラス。以前、太白とともに海辺にいたときに姿を現した、晴和の式神とおなじ姿だ。

今日のこの日まで、啓明も長庚も、太白たちにコンタクトを取ってはこなかった。なぜ接触してこないのか。もし太白と対立するつもりなら、堂々とみなの前に現れて、自分の味方になれと伝えればいいのに。

晴和の考えもわからない。ただひっかき回したいだけなのか、弟に味方する高階家に嫌がらせをしたいのか、あるいはべつの理由があるのか。

だが、必ず今日の百鬼夜行祭に介入してくるはずだ。動けば目的もはっきりする。目的さえわかれば対応もできる。

もっとも、向こうの動きを待つしかないこの状況が、あやねには歯痒(はがゆ)いけれど。

東北大学総合学術博物館に到着したのは、昼食後の十四時。

仙台駅より車で十分ほどの場所にあり、仙台の観光地でも穴場の名所として知られている。世界各地から集められた化石や鉱物など、地球科学分野の学術標本を中心に数多く常設展示しており、マニアックな人気があるスポットだ。

「わあ、すごい！」

二階までの吹き抜け空間に巨大なクジラの骨格標本が吊るされているのを、卓也が目を輝かせて見上げる。まるで空を泳いでいるようだ。

「こっちにはフクイラプトルがある！　あのね、福井県で見つかった肉食恐竜だから、フクイラプトルっていうんだよ」

裕司にそういって、卓也はわくわくした顔で展示を見始める。

「お子さま、とてもくわしそうですね。ご案内してよかった」

「すみません、仙台は不案内で……ガイドをしていただいて助かります」

裕司があやねに頭を下げる。カフェの店主という客商売のせいか、腰が低い。

桃生は運転手として同行。晴永は一般客を装って先に待機していて、さりげなく離れた場所からあやねに目線を送ってくる。あやねも丁寧に目顔で会釈した。

「卓也くん、迷子にならないでくれよ」

「平気。そんなに広くないし。二階の常設展示に行ってくる」

裕司の制止も聞かず、卓也は階段を駆け上がる。裕司はふうと息をついていった。

「元気だなあ……申し訳ありません、お手洗いに行きたいのですが」

「はい。ご安心を、卓也くんは見ていますね」

あやねに頭を下げて、裕司は離れていった。それを見送り、あやねも階段へ向かう。すでに桃生が、さりげなく卓也のあとを追って二階へ行っている。一階は晴永がいるし、なにかあっても大丈夫のはずだ。

雄大に天井を浮遊する真っ白なクジラの骨の下、あやねは階段を上る。ただの観光にここまで警戒するのも馬鹿らしいだろうか。だが以前、市立博物館で晴和の使い魔に襲われた。向こうは公共の場でもかまわず害をなしてくる。太白の重要関係者であるあやねに対して、なにか仕掛けてきてもおかしくはない……。

はっとあやねは足を止めた。

階段の下を、黒灰色の和装の男性がよぎっていったのだ。

まさか、長庚!?　あやねはあわてて手すりから階下を見下ろす。

しかし、人影はすでにどこにもない。急いでスマホを取り出し、階下の晴永へ長庚の画像を添付したメッセージを送る。

『いま、太白さんのお父さまらしき姿が、階下にいるのを見かけました。出口の方角に向かっていったようです』

『なんだって。了解、待ってて』

晴永の返信を確認してから、あやねは二階に上がると、標本ケースの前で緊張しながら報告を待つ。胸がどきどきして、展示品も目に入らない。

「お姉ちゃん、人骨が好きなの？」

「えっ？　ひゃっ」

卓也に声をかけられて我に返れば、そこは古人骨の展示ケースだった。

「いえ、その、好きっていうか……」

「ぼく、恐竜の骨も好きだけど、人骨も好きなんだ」

なかなかに物騒なことを卓也はいった。

「ねえねえ、フローレス原人って知ってる？」

「いえ、初めて聞きました」

「インドネシアで見つかった小型の人類でね、成人なのに身長百十センチしかないんだ。あと、いま興味があるのがホモ・ナレディっていう新種のヒト属で、南アフリカのライジングスター洞窟ってところで発見されたんだけど」

話を聞いてくれると思ったのか、卓也はとうとうと語り始める。あやねは階下が気になって気になって、申し訳ないが身が入らない。

「す、すごくよくご存じですね。ところで、お父さま遅いですね」

「お父さん？　って、裕司さんのこと？」

「ええ、いま、お手洗いに行ってらっしゃいます」

ふいに卓也の顔が歪んだ。

「……違う。ママから生まれる赤ちゃんのお父さんだけど、ぼくのパパじゃない」

「卓也くん？」

「いいけど、わかってるけどさ。ぼくがいい子で、生まれてくる赤ちゃんを可愛がればそれでみんなは嬉しいんだろうし、ママにも怒られなくて済むし」

卓也はぐっと唇を噛みしめる。

「でも、パパじゃない。ぼくだけ、家族じゃないんだ」

そう叫ぶと、少年は身をひるがえして奥へと走っていく。

「わたしが追います。お待ちください」

桃生が即座にあとを追っていく。あやねが不安を胸にその背中を見送っていると、手のなかで握り締めていたスマホが震えた。メッセージ着信のバイブだ。

『変だね、それらしい人影はいなかったよ』

晴永からのメッセージを見てあやねは眉をひそめる。

「いなかった？　じゃあ、わたしの見間違い？」

まるでつぶやきに応えるように、次のメッセージが入る。

『あやねさんが間違えるとは思わない。わざと見せたんだ、きっと』

――わざと。その言葉に、あやねの心臓がどくんと音を立てる。

『気を付けて。とりあえず、急いで高階の領域に戻ったほうがいい』

博物館のトイレの個室から、裕司は下腹を押さえて出てくる。ひんやりとした洗面所は、彼以外誰もいなくて静かだった。

「ふう、会食に緊張しているのかな」

洗面台の前に立って、青ざめた顔を鏡でのぞき込む。

「ひろみさんに怒られちゃうなあ、情けない顔しないでよって」

苦笑して蛇口に手をかざす裕司の背後に人影が立つ。

はっと振り返る前に裕司は崩れ落ち、冷たい床に音を立てて倒れる。その頭上に暗い影が差した。

4　鬼も角折ることもある

秋の陽が落ちるのはあっという間で、十七時ともなればすでに辺りは闇に沈む。

夕暮れとともに、青葉グランドホテルの車寄せには、続々と多くの車が乗りつける。

一流ホテルゆえ、ふだんの客の大半は上品で控えめな服装やスタイルばかりだ。

だが、今夜降り立つものは、誰も彼もがみな奇抜な風体をしている。

「はぁろうぃんとはな」

黒塗りのハイヤーからのっそりと現れたのは、歌舞伎役者のような、派手な織物(おりもの)の裃(かみしも)を身に着けた大男だった。

「高階の跡取りは、なぁにを考えておるのかね」

エントランスに出ている『ハロウィンパーティで貸し切りにつき、一般のお客さまはご利用になれません』と書かれた立て看板を見て、大男はつぶやく。

「ふん、若造らしくて人間くさい演出だ」

助手席から、ぽんと小柄な男が飛び出す。これもまた、きらびやかな羽織(はおり)袴だ。

「どうやっても啓明の代わりにはなれんと悟って、奇をてらったか」

「いいじゃあないの。祭りにゃ変わりないんだからさあ」

べつの車から降りてきたのは、艶やかな刺繍（ししゅう）で重そうな打掛を着た女。歩きにくそうな高下駄（たかげた）なのに、軽々とした足の運びである。

「未熟ならば未熟なりに、大人しく先例に従っておけばいいものを」

小柄な男が忌々しそうに鼻を鳴らすと、打掛の女が笑った。

「啓明のときは決まりきった流れだったわよ。面白くなりそうじゃあない、今年は」

「はん、お手並み拝見ということだなあ」

打掛の女と大男、小柄な男の三人は、いい合いながらホテルへ入っていく。

そのあとに、品のいい服装の中年男女がタクシーから降り立つ。

「なにかしら、あのひとたち」

不審そうに女性のほうが眉をひそめると、男性が立て看板をあごでしゃくった。

「ハロウィンパーティだとさ。青葉の事業部長が直々に連絡してきた」

「ハロウィンね……青葉も変わったわ、こんな俗っぽい催しをするなんて」

気取りが透けて見える口調で女性はいった。

「それにしても、なにを考えているのかしら。年下のカフェ店主と再婚なんて」

「まったくだ。しかもすでに妊娠していて、入籍も事後報告とは」

「お相手は苗字も大城戸にして、戸籍もひろみさんのほうに入ったんですってね。こちらに戻ってくるつもりがないのは安心したわ、親戚になにをいわれるか」

「戻ってこなくたって、すでに色々いわれているさ。東京に出したのが間違いだった。こちらで再婚させればよかったんだ」

「もう遅いわよ。とにかく顔合わせは無難に終わらせないと……きゃっ」

身勝手なことをいい合う兄夫婦の背後から、先ほどの大男よりさらに巨漢が現れて、女性のほうにぶつかった。

「おう、失礼。だが入り口で立ち止まるのが悪い」

「えっ……は、はい」

自分の倍はありそうな巨漢を、女性は震えて見上げる。

やけにてらてらと光る紫色のタキシードを着た巨漢は、のっそりとホテルのなかへ入っていく。大きな背中を呆然と見送るふたりに、ドアマンが声をかけた。

「大城戸ご夫妻さまでいらっしゃいますね、お待ちしておりました」

ドアマンはハロウィン専用の衣装らしく、オレンジのリボンを巻いた黒いシルクハットをかぶり、オレンジの襟のジャケット姿だ。

「ただいま、ご会食の場であるインペリアルラウンジへご案内いたします」

夫妻はうなずいてホテルへ足を踏み入れる。

「ようこそ、青葉グランドホテルへ」

スタッフたちがそろって頭を下げる。重要取引先とあって下にも置かぬもてなしだが、みな、角を生やしたカチューシャや、とんがり帽子をかぶっていたりと、さりげなくもしっかりとハロウィンのコスプレをしている。

戸惑い気味の夫妻に、声がかけられる。

「ようこそ、大城戸さま。ご案内を務めます、花籠あやねと申します。ハロウィンの一夜を、どうぞお楽しみくださいませ」

振り返る夫妻の前に、アンティークカラーの着物と帯に黒レースの半襟、連絡用のインカムを付けて狐のお面を頭に乗せたあやねが現れて、一礼した。

「裕司さん、大丈夫？　元気がないみたいだけど」

スイートルームの洗面所から青い顔で出てくる裕司に、ひろみが心配そうに声をかける。どちらも品のいいスーツに着替えていた。

「うん、お腹の調子が悪くてね。緊張しているのかな」

「ごめんなさい、兄さんのことで脅かしすぎたかな」

ひろみが申し訳なさそうにいう。

「面倒くさいひとたちだけれど、さすがに公の場で裕司さんにどうこうはいわないと思う。もしなにかいっても、わたしがちゃんと注意する」

「いや、せっかくの会食の雰囲気を悪くしたくないから」

裕司は穏やかな声で答える。ひろみは不安げにうなずくと、ベッドへ顔を向ける。

「卓也。そろそろゲームやめなさい」

「……やだ、いまいいとこ」

ベッドに寝転び携帯ゲーム機をいじりながら、卓也は生返事をする。ひろみはわざとらしいため息をついた。

「卓也、お願い。ほんの二時間くらいで終わるから」

しかし、卓也は意地になったようにゲームから目を離さない。ひろみが顔をしかめ、もう一度口を開きかけたとき、サイドテーブルの電話が鳴った。

「はい、ああ、兄さんたちが到着？　わかりました、先に会食の場へ通してください。こちらも準備を終えたらすぐに行きます」

電話を置いて、ひろみは裕司と卓也にいった。

「兄さんが到着して、いまフロアに上がってくるって……ねえ、本当に大丈夫？」

　ソファでお腹を押さえる裕司に、ひろみは歩み寄る。

「うん……ひろみさん、フロントに電話して薬をもらえないかな。どうしても無理なら、スマホに連絡するから、先に会食に行っててくれ。卓也くん」

　呼ばれて顔を上げる卓也に、裕司は優しい声でいった。

「ごめんな。ひろみさんを頼むよ」

　卓也は無言だったが、渋々ベッドから降りて靴を履く。そのあいだひろみはフロントに電話をかけ、痛み止めを頼んだ。

「裕司さん、薬事法に触れるから、ホテルでは薬を提供できないんですって。代わりに、ドラッグストアまで車を手配してくれるそうだけど」

「そうか……。待たせるけれど行ってくるよ。会食中に手洗いに立つのも失礼だ」

「無理なら連絡して。顔合わせは明日にしてもらえないか、兄さんに訊いてみる」

　ひろみは支度をし、まだベッドにいた卓也をうながしてドアに向かう。卓也が気がかりそうに振り返ると、裕司は力ない笑みで手を振ってみせた。

　ふたりが出ていき、ドアが閉まる。とたん、裕司は打って変わってすっと表情をなくすと、立ち上がってドアへ歩み寄った。そこへノックの音が響く。

「失礼いたします。お車の用意が整いました」

裕司は無言でドアノブに手をかけ、ドアの陰に隠れるようにして開ける。

「お加減はいかがですか」

入ってきたのは、ハロウィン仕様の制服を着たスタッフだ。だが部屋には誰もいない。スタッフは眉をひそめて見回す。

「お客さま、どちらに……っ！」

ふいに背後から口を押さえられたかと思うと、スタッフは床に崩れ落ちる。その体を抱き上げ、裕司は洗面所へと運んでいく。

しばらくして、スイートルームのドアが開いた。

現れたのは、ハロウィン仕様の制服を着た女性スタッフ。とんがり帽子を頭に乗せて廊下を見回すと、彼女は壁の案内板を見て歩き出す。その行き先は——。

◆

青葉グランドホテル二十階のインペリアルラウンジは、豪奢(ごうしゃ)な内装やミシュランレベルの料理はもとより、見事な眺望がアピールポイントだ。

スイートルームの宿泊客だけでなく、団体の会食や結婚式の二次会にも使われる場所で、ゆったりしたソファからは、視界いっぱいの仙台の夜景が堪能できる。

大城戸一家の会食は、その一角の個室スペースだった。

「どうぞ、こちらになります」

ハロウィン仕様の着物姿のあやねは、その個室へ大城戸兄夫妻を案内する。

少々この格好が気恥ずかしい。コスプレ姿でお客さまの前に出るなど、初めての経験だ。ミニスカートの衣装を全力で断ってよかったと心の底から思う。

「その格好も、なんだ、ハロウィンの一環か」

席につきながら、大城戸兄があやねに尋ねる。

「はい。来年からハロウィン宿泊プランを導入いたします。今年は、その予行演習のようなものでして」

「あまり、ホテルの格が落ちるような真似はしてほしくないわね」

大城戸義姉が不満そうにいった。

「客寄せにはいいかもしれないけれど、青葉の顧客はそれなりの収入があるひとたちばかりなのよ。大切な客層を見誤らないでちょうだい」

「恐れ入ります、上層部に伝えます」

怖いなあ、と思いながらあやねは丁寧に頭を下げる。

そういえば、そろそろ百鬼夜行祭が始まる時刻だ。太白は大丈夫だろうか、いや、自分の務めを果たさなくてはと、胸が詰まるような不安と緊張が押し寄せる。

「兄さん、お義姉さん、お待たせしました」

ひろみがラウンジのスタッフに案内されてやってきた。卓也は後ろから、気の進まない足取りで歩いてくる。

「お久しぶり。ふたりとも元気そうでよかった」

「なんだ、もうそんな大きな腹なのか」

「これじゃあ、お式はできないわね。その相談もしたかったんだけれど」

とりあえずは礼儀正しいひろみに引き換え、兄夫婦はかなり無遠慮だ。さすがにひろみはむっとした顔になる。

「開口一番にそれ？　ええ、ありがたいことにもうすぐ妊娠八ヶ月なの。それに何度もいうけど、式はしない。前の結婚で、いうとおりにやったじゃない」

「勝手に離婚しておいて、その言い草か。招待した取引先への顔が丸つぶれだ」

「あのね、顔を見せろ見せろってうるさいから、わざわざ身重でやってきたの。そんな態度なら、会食の場なんてもうけなかったんだけど」

「ま、まあまあ、あの、お飲み物はいかがいたしますか」

あやねはあわてて割って入った。どうやら、かなり険悪な内情らしい。

「そういえば、その再婚のお相手はどちらに」

義姉がちくりと尋ね、ひろみはひるんだような顔になる。

「体調が悪いから、薬を買いにいってるの。もうすぐくるから」

「大事な顔合わせで体調を崩すなんて、情けない男だな」

「だから、そんなに不満ならこなかったっていってるじゃない」

「あの、あの、いま、お飲み物のメニューをお持ちしますので」

あやねは必死になって場を収めようとする。

「お座りになってお待ちください。奥さまも立っているのはおつらいでしょう」

ウェイターたちが即座に椅子を引き、ウェイトレスが素早くメニューを持ってくる。

ひろみや兄夫婦は腰を下ろすが、いまだ不満げな顔だ。

大人たちの後ろで突っ立っていた卓也が、ふと、くしゃりと顔を歪める。

「……ぼく、裕司さんの様子見てくる」

「えっ、卓也、どこに行くの！」

身をひるがえす卓也に、身重のひろみが腰を上げようとした。

「大城戸さま、どうぞそのままで。わたくしが見てまいります」

あやねは押しとどめて身を返す。そのあいだに、卓也はラウンジの出口から外へ出てしまい、あやねも着物の裾をからげてあとを追う。

「やっぱり着物……っ、走りにくいなあ」

頭に乗せたお面が外れそうで、押さえながら走る途中、ハロウィン仕様の制服で角をつけた男性スタッフとすれ違った。エレベーターホールへ向かうようだ。

なにか違和感を覚えたが、卓也のあとを追うのに必死で確かめる余裕がない。

「卓也くん、キーがないと入れませんよ」

案の定、スイートルームの閉ざされたドアをどんどんと叩く卓也を見つけた。

「戻りましょう、お母さまが心配されてますよ」

「いやだっ」

卓也は泣きそうな声を上げると、その場に座り込んだ。

「ママたちの喧嘩してるとこなんか見たくない。裕司さんのところに行く」

「卓也くん……わかりました」

あやねは一緒にしゃがみ込み、少年の震える背中をそっと撫でる。

「裕司さまは、薬を買いに出られたんですよね。じゃあ、フロントでお待ちしましょう。車はうちのスタッフが呼んだはずですから」

そういいかけて、先ほどの違和感の意味に気が付く。

廊下ですれ違ったスタッフの制服は、フロントのものだった。裕司を呼びにきたのだろうか。だが、なぜ一緒ではなかったのだろう。

そうだ、客である卓也だけでなく、あやねにも目礼しなかった。宿泊部とブライダル＆パーティ部で所属は異なるけれど、太白の配偶者として、ホテルで唯一の人間として、なおかつチーフとして部署を超えて働くあやねはよく知られているのに。

「卓也くん、裕司さんがドラッグストアへ行ったのは、卓也くんたちがラウンジにくる前？　それとも、あとなのですか？」

「あとだよ。部屋を出る前にママがフロントに電話かけてた」

それならば、なおさら先ほどのスタッフと一緒でないのがおかしい。裕司の具合が悪化して、応援を呼びにいったのか。いや、あのスタッフにあわてた様子はなかった。それに応援を呼ぶなら、部屋の電話か連絡用のインカムで事足りる。

とっさにあやねは部屋のドアをノックし、声をかける。

「失礼します、大城戸さま。お部屋にいらっしゃいますか」

何度も呼びかけるが、返事はない。不安が胸に重苦しくのしかかる。あやねはインカムを通じて、フロントへ連絡した。

「花籠です。大城戸さまを部屋へお呼びしにいったスタッフは戻りました？」

『いいえ。十分ほど前に向かったはずですが。車寄せに車を停めているのにまだ戻らなくて、どうなったのかと』

「さっき二十階の廊下ですれ違ったんです。でも大城戸さまはご一緒ではありませんでした。お部屋に声をかけてもお返事がないのです」

『ご同行の奥さまにご連絡して、なかを確かめていただくのは』

「そのつもりですが、そのスタッフがどこに行って、なぜ大城戸さまがご一緒ではないかが心配で……。それと、二十階へ入る経路はどう封鎖されているんですか」

『大城戸さまの会食時間に合わせて、エレベーターホールには結界の札を張ってあります。十八時より、青葉のスタッフと人間以外、二十階には立ち入れません』

「わかりました。もしスタッフが戻りましたらご連絡を」

「……どうしたの、お姉さん」

通話を切ると、卓也が心配そうに見上げる。

「なんでもないですよ。でも念のため、お部屋を確かめさせてもらおうかと」

そう答えて、あやねは腕時計で時間を確かめる。

十八時きっかり。いよいよ百鬼夜行祭が始まる時刻だ。

◆

青葉グランドホテル三十二階、鳳凰の間。

もっとも広く、もっとも設備の整った、千人以上収容可能な宴会場だ。ふだんは大規模な結婚式の披露宴やパーティに使われ、華やかな場でもある。

だが今日は、飾り立てる花々も料理の置かれたテーブルもない。四方を白い布で覆い、四隅には忌竹を立て注連縄を張り、青、赤、白、黒の紙垂を下げているだけ。

そして、異様な風体のものたちがひしめいている。

一見、どれもが人間に見えた。しかし、醸し出す雰囲気、まとう衣装、目つきや口元などの表情がひどくちぐはぐで、違和感がある。

いうまでもなく、彼らは妖かしたち。

これだけ集まりながら、不自然なほど場は静まり返っている。なにかを待ち構えているかのように。しかしその静けさの下には、異様な興奮が感じられた。

灯りが暗くなる。と同時に、広間の一角が薄明るくなる。

それは、八人の童子が掲げる松明。

燃える松明に照らされて、ひとつの人影が歩を進める。黄金の四つ目の仮面をかぶり、黒い衣と真紅の裳を着け、矛と盾を持っておごそかに。

方相氏――かつて鬼を追い立てながら、鬼に堕とされた宮廷官吏。

高階の家の頭領が、代々務めてきた役だ。

方相氏は広間の北側に置かれた祭壇の前に歩み寄る。松明を掲げた童子らはその後方を囲むように控えた。それを機に妖かしたちが顔を伏せる。

「……天地の諸の御神たち、平けくおたひにいまさふへしと申す」

朗々とした声で、方相氏は祭詞を読み上げた。顔を伏せる妖かしたちの頭上に、その声音は響き渡る。

「穢く悪しき疫鬼の、所々村々に蔵り隠らふるをば、千里のほか四方の堺……」

儀式のさなか、ひしめく妖かしたちの背後に長身の影が現れる。頭部に鬼の角のようなものが見えるが、暗がりで顔は見えない。

「……五兵を持ちて、追ひ走り刑なひ殺さむものぞと聞きたまへ……」

祭詞を奏上し終わり、方相氏は面をつけた頭を下げる。静けさが広間に満ちた。ふいに方相氏は頭を上げ、盾と矛を掲げて打ち合って叫ぶ。

「鬼やらう！　鬼やらう！　鬼やらう！」

妖かしたちも一斉に呼応して叫ぶ。

「鬼やらう！　鬼やらう！　鬼やらう！」

抑えていた妖かしたちの興奮が広間に満ちて、あふれんばかりになる。

方相氏は盾と矛を下ろし、妖かしたちを振り返る。松明を手にした童子たちが囲んで並ぶと、方相氏は仮面を外した。太白の凛々しく引き締まった顔が現れる。

「疫鬼祓いの儀式は終わった」

太白の凛とした声が広間の隅々まで響き渡る。

「高階の次期頭領かつ総代として告げる。これより、百鬼夜行祭を……」

「――ならぬ」

その声を打ち消す大音声が、広間の後方から響いた。太白が目をやり、妖かしたちも振り返る。とたん、大きなざわめきが上がった。

「おまえを次期頭領としたのは間違いであった。真の頭領であり、名実ともに百鬼夜行祭の総代であるわたくしがここに正し、新たに宣言する」

「……あなたは」「啓明!?」

太白が息を呑む。広間の端に控えていた歳星が、身を乗り出して名を呼ぶ。どよめきとともに妖かしたちが左右に割れる。そのあいだから、人影が歩んでくる。

黒い上衣と真紅の袴を身に着けた人物——それは、啓明。

高階の頭領の座を退いたはずの、太白の祖父だ。銀色にも近い白髪の下の額から、二本の角を生やし、衣装も方相氏とおなじものであるが、仮面は着けていない。

いや、仮面など要らないのだ。

「妖かしたちよ、今宵こそ汝らを解放しよう」

啓明の顔には、金色に輝く四つ目。太白がかぶっていた仮面とおなじものだ。

「ひとに身をやつし、意に添わぬ共存を送る時代は終わった。いまこそ」

片手を上げ、啓明は高らかに、誇らしげに宣言した。

「人間の世界へと繰り出し、我らが手に夜を取り戻すときである」

「待て、それは……！」「啓明、どういうことだ！」

太白と歳星が押しとどめる間もなかった。

わあっと妖かしたちは歓声を上げると、ひとの真似をやめて本性を現して、怒涛のごとく広間の出口へと押し寄せた。

「裕司さん、いるの？」

二十階のスイートルームをひろみが開けて、呼びかけながら入る。

あやねと卓也がそのあとから続く。しかし広い部屋は空っぽで、ベッドの上には卓也が置いていった携帯ゲーム機があるだけだ。

「いないみたい。なあんだ、心配させて」

「申し訳ございません、会食のさなかにお呼び立てしてしまって」

あやねが頭を下げると、ひろみは苦笑した。

「いえ、いいの。兄さんたちを前にすると、つい売り言葉に買い言葉で熱くなるから頭を冷やしたくて、ちょうどよかった。……でも」

ひろみはサイドテーブルにあるスマホに目をやると、眉を曇らせる。

「なにかあったら連絡するっていったのに、スマホを置いていくなんて」

「おかしな点でもあるのですか」

「ええ、その、おっとりしているけれど、自分のことはきっちりしたひとなの。だから連絡手段を置いていくなんて変だなと思ってね」

あやねは眉を寄せる。どうも、さっきからずっと違和感がぬぐえない。

「ねえ、あっちから……なんか声がする」

卓也がスイートルームの端の洗面所を指差した。

「まさか、裕司さん？　トイレで倒れているの？」

「お待ちください、わたくしが確認しますので」

あやねは身重のひろみを押しとどめ、洗面所へ向かう。閉ざされたドアは鍵がかかっておらず、ドアノブを回すとすぐに開いた。

なかは暗く、あやねは手探りで電気のスイッチに手を伸ばす。

「失礼いたします。大城戸さんはいらっしゃいま……っ！」

灯りがついたとたん、あやねは声を上げそうになった。

広々とした洗面所の奥のバスルームの扉が開いていて、水の張っていない浴槽のなかに、ハロウィンの制服姿の女性がぐったりと倒れていたのだ。

あやねは駆け寄り、肩を揺さぶって声をかける。

「大丈夫ですか、しっかり！」

しかしスタッフはうめき声を上げるだけで目を覚まさない。

「どうしたの、裕司さんなの⁉」「裕司さん！」

入ってきたひろみと卓也が、意識のない女性スタッフを見て青ざめる。

「裕司さんじゃない？　どういうこと……？」

「フロントへ確認してみます。おふたりはソファに座ってお待ちください」

あやねの背中に冷や汗が流れる。なにが起こっているか、まったく不明だ。

だが、尋常ではない事態なのは間違いない。

そのとき、インカムから呼び出し音が入った。あやねは急いで応答する。

「はい、二十階スイートルーム担当の花籠あやねです」

『フロントです。東北大学総合学術博物館から連絡がありまして』

「博物館から？　いったい、なんの用です」

あやねが問い返すと、スタッフが焦った声で返した。

『トイレの個室で、大城戸裕司さんが意識を失って倒れていたそうなんです』

「なんですって、どういうわけですか⁉」

思わずあやねが大声になると、スタッフが不安をにじませた声で答えた。

『職員の話ですと、いつまでも開かない個室があって調べたら、大城戸さまが倒れていたと。いま病院にいるそうですが、まだ意識が回復していないようです』

あやねは血の気が引く。では、ホテルに戻った裕司は誰だったのか。博物館でちらりと見かけた長庚の姿も脳裏によぎる。まさか長庚が……。

それと同時に、べつの違和感もよみがえる。

あやねが廊下の途中ですれ違ったのは、男性スタッフだった。だがバスルームで倒れていたのは女性スタッフだった。

妖力かなにかで姿を借りるにしても、なぜ性別を変える必要があるのだろう。

「スイートルームまで具合の悪い大城戸さまを呼びにきたスタッフは、女性でしたか、男性でしたか」

『女性ですが、それがなにか』

「実はバスルームでそのスタッフが倒れているんです」

そこまでいったとき、べつの呼び出し音が鳴った。あわててあやねはフロントに断って切ると、そちらに応答する。

『あやねさん、いま、どこ⁉』

晴永の息急く声が耳に飛び込んでくる。

「花籠です。大城戸さまのスイートルームにいますけれど」

『じゃあ、結界が張ってあるはずだね。その階から出ないで。人間の客も決してほかの階には行かせないように。念のためスイートルームに閉じこもっていて』

「いったい、なにが……」

『百鬼夜行祭の会場に、啓明が現れたんだ。しかも』

緊迫の声で晴永が告げる。

『人間との共存を拒み、妖かしの解放を宣言した。街へ妖かしたちがあふれ出すよ』

◆

童子たちが投げ捨てた松明が床に落ちる。

幸い床は防火絨毯に覆われていて、燃え広がることはない。その炎を妖かしたちが踏みにじり、紅い火の粉をまき散らして、地響きを立てて戸口へ殺到する。

どれもがみな人間のふりなどかなぐり捨てて、本性を現していた。毛深い耳を生やし、牙を剥き、赤黒い肌、青い肌、黒い肌、骨ばかりのものもあれば、獣そのもの、あるいは器物に手足をつけたようなものもいて、恐ろしい姿、滑稽な姿、あらゆる形で興奮に浮かれ騒ぎながら、啓明の脇を押し合いへし合い駆けていく。

「どういうつもりですか、啓明」

祭壇前の太白は身を乗り出して叫ぶ。

「太白、追及はあとだ」

歳星が太白の肩をつかんで押しとどめる。

「いまはホテルの外に妖かしたちが出ないよう抑えねば。白木路の結界もいつまで持つかわからん！」

「……歳星、なぜわたくしの意に逆らう」

四つ目を光らせ、啓明がいった。歳星が冷徹に返す。

「陰陽師どもに駆逐されたいのか、啓明」

「人間を恐れると……。大天狗らしからぬ言い草だ」

「人間を侮るな」

それだけ吐き捨て、歳星は太白の背中を押しやる。

「啓明は引き受ける。次期頭領として、場を収めてこい」

「なぜ、僕の側に味方するんです、歳星」

太白の問いに、歳星は偉そうに答える。

「おまえの味方をしたわけではない。それはわかっているはずだ。さっさと行け」

太白はじっと歳星を見つめてから、即座に身を返す。方相氏の衣装をひるがえし、啓明のかたわらを一瞥(いちべつ)もせず走り抜ける。

大広間の真ん中で、歳星と啓明は向き合った。部屋の四隅では、啓明の扇動に乗らなかったいくばくかの妖かしたちが、息をつめて様子を見守っている。

「高階の頭領に逆らうとはな、大天狗」

重々しい声音で啓明が告げる。

「はっ、おまえはすでに頭領ではない。……いいや」

ぎらりと目を輝かせ、歳星は雷のごとき大音声で叫んだ。

「それで大天狗を欺こうとしたつもりか。性根を見顕わせ！」

とたん、ばらりと啓明の姿がほどけるように崩れる。あとに残ったのは一枚の人型の紙だ。それを歳星はぐいと踏みにじると、忌々しそうにつぶやく。

「小賢しい陰陽師が。誰が啓明でないものの言など聞くか。とはいえ」

ふと歳星は、式神を踏みつけた足元に目を落とす。

「本物であったなら……どうだったかな」


二十階のスイートルームの外は、不気味に静まり返っている。

このフロアには結界が張ってある。しかし、すでに得体のしれないものが裕司やスタッフの姿で出入りしているのだ。となれば、結界などとっくに破られている。いつ、この階に、この部屋に、妖かしが押し寄せてくるかわからない。

「いったい、なにが起こっているんですか」

倒れていたスタッフをなんとかソファに寝かせたあやねに、ひろみが問い詰める。

「も、申し訳ありません。その」

破れかぶれで、あやねは苦しい言い訳をした。

「ハロウィンパーティで酔ったお客さまたちが会場の外に出て、少々、悪ふざけをしているようで。もしかしたら、この階にもやってくるかもしれないと」

「なんですって……？」

ひろみは険しい顔になる。あやねはひたすらに、平身低頭で謝り続ける。

「こちらの落ち度でございます。ただいまスタッフが収めておりますので、大城戸さまはお部屋でお待ちくださいませ」

「でも、ラウンジには兄さんたちがいるんだけれど」

「いまお呼びしてまいります。念のため、寝室で鍵をかけてお待ちください」

スイートルームは寝室とリビングの二間続きのうえ頑丈な作りで、そうそう破られるとも思えないが、相手は妖かし。大事を取っておくに越したことはない。

ひろみと卓也が不安そうに寝室に入ったのを見届け、あやねは廊下に出る。背後でオートロックががちりと閉まった音を聞きつつ、ぐいと狐の面を引き下ろす。

この面は目くらましだ。もしも妖かしに出くわしても、これで顔を隠せばしのげると太白に渡された。仮面は、それ自体すでに呪的な道具、かぶることで、日常と非日常の境界をあいまいにし、正体を秘匿してくれると。

外へ出た瞬間、インカムの呼び出し音が鳴る。あたふたとあやねは応答した。

『あやねさん、ご無事ですか』

「太白さん！　太白さんこそ、ご無事ですか！」

気遣う声に、あやねはほっとして泣きそうになる。

「藤田さんから連絡がありました。お祖父さまの扇動で、妖かしたちが外にあふれ出そうになっているとか」

『正確には、祖父の姿を真似た藤田姉の式神ですが』

あやねは背筋が寒くなる。やはり内部に式神が入り込んでいたのだ。おそらく博物館で裕司と入れ替わり、そしてホテルでスタッフに入れ替わって……。

『予想はしていましたが、これまで各地で祖父や父の姿だけ見せていたのは、妖かしたちを動揺させ、扇動の下地を作るためでしょう。それも藤田姉の操る式神だったはずです。高階の家に直接接触すれば、僕や歳星に見破られますから』

インカムの向こうで騒がしい物音が響く。どうやら太白は妖かしたちを追い立てつつ、あやねと通話しているらしい。

『半妖で若造である僕に不満や不安を抱いていたものたちは、これ幸いとばかりに我を忘れ、こちらの制止など聞かなくなってしまった』

「太白さん、実は、人間のお客さまとも入れ替わっていたのです」

あやねは手短にこちらの状況を説明する。

『そうか。父の姿で注意を引いて、その隙に式神が取って替わったのですね』

「だと思います。すみません、こちらの注意が足りないばかりに」

『あやねさんのせいではない。あちらが狡猾だったということです。藤田さんも同行していたのに式神を見破れなかったのは、不思議ですが。とにかく』

大きな物音と獣の悲鳴のような声が聞こえた。

『僕は平気です。妖かしたちを抑えつつ、あやねさんのもとへ向かいます』

「いいえ、わたしこそ大丈夫です。場をしのげる仮面もありますし」

『しかし、このホテル内で二十階にいるあやねさんや大城戸ご一家だけが人間です。どうかその階から動かないでください。すぐにまいります』

通話が切れた。あやねもすぐにラウンジへ走る。

すべては、晴和が潜り込ませた式神のしわざだったのだ——と考えるのはたやすい。だが、どうも違和感がある。なにかを見落としている気がする。

そのとき、エレベーターホールの方向からざわめきが聞こえた。はっとあやねが足を止めると同時に、ひしめくほどの妖かしたちがやってきた。

ひろみはスイートルームの寝室に入り、鍵をかけた。こちらには幼い子どもがいるし、身重でもある。たかが酔っ払いでも、絡まれたら面倒だ。

だが鍵をかけた瞬間、部屋の外から大きなざわめきが聞こえてきた。

「なに、なんなの……?」

ドアの向こうをうかがうと、どうやら廊下を大勢が騒ぎながら歩いているようだ。浮かれ騒ぐ歌声に、狂ったようなおたけびや怒号も響く。どれもが意味不明な、耳にするだけでぞっとする声。ひろみはわけもわからないまま恐怖で身震いする。

「だいじょうぶだよ、ママ」

不安そうな顔ながら、卓也が気丈に告げる。

「ぼくが、ちゃんと、ママとお腹の赤ちゃんを守るから」

「なにいってるの、卓也」

ひろみがけげんな顔で問い返すと、卓也は弱々しい声で答える。

「だって、裕司さんに、ママを頼むっていわれたから」

「あのね、卓也。わたしはそんなにやわじゃありません」

ひろみは息をつくと、卓也の肩に優しく手を置く。

「卓也も、お腹の子どもも、ママがちゃんと守ります。でも酔っ払いはなにするかわからないから、外に出ないで大人しくここにいて」

「だ、だけど、ぼく、お兄ちゃんになるのに」

半べそで卓也はうなだれる。

「ぼくだけ、家族じゃない。裕司さんと赤ちゃんと、ママは家族だけど、ぼくだけ違うんだ。だから、なにかお手伝いしないと。役に……立たないと」

「……卓也、あなた」

ひろみは胸を衝かれたように絶句する。

卓也は泣きそうな顔で、それでも唇を噛んで懸命にこらえている。ふだんは我がままをいっても、大変なときに母親を困らせてはいけないとわかっているのだ。

ひろみは重いお腹を抱いて床に膝をつくと、卓也と目を合わせる。

「卓也。わたし、あなたにいっぱい我慢させてたんだね」

「ママ……」

「わたし、自分のことばかり考えてた。嫌味をいう兄さんや義姉さんに苛立って、重たいお腹が苦しくて。卓也のこと、裕司さんに任せっぱなしで。……ごめんね」

その言葉に、わっと卓也は泣き出した。

ひろみは「おいで」と卓也をベッドに導き、並んで座らせる。ぼろぼろと大粒の涙を流す卓也の肩を抱きしめ、ひろみは優しくささやいた。

「もっとちゃんと、伝えるべきだったんだ。子どもは、大人なんか守らなくてもいい。役に立つことなんかしなくてもいい。子どもは、子どもだってだけで、遠慮せずに守られてていいって。卓也はわたしたちの家族だし、わたしたちの大事な子どもなんだって。それもいわずに、わたしは怒ってばかりで……ごめんね」

ひろみは、膝に泣き伏す卓也の背中をよしよしとさする。

「そういえば、兄さんたちは大丈夫かしら……」

まだラウンジにいるはずの兄夫婦をひろみは案じる。

だが外からは相変わらず、獣のような悲鳴や叫び、得体のしれない物音が響いている。ひろみはぎゅっと卓也の体を抱いてベッドの端で身をすくめた。

妖かしたちは我先にとエレベーターへ殺到する。

ボタンを壊れるほどに連打し、扉が開くのも待てずに廊下や壁に深々と爪痕をつけてこじ開けようとする。

「早く、早く！」「外だ、人間界へ出るぞ！」

エレベーターが到着し、傷だらけのドアが開く。妖かしたちは一気になだれ込む。

「うわあっ！」

突如、突風に吹き飛ばされたかのように、妖かしたちは壁に叩きつけられた。

「まったく、下等な妖かしどもはだらしがない」

エレベーターより現れたのは、ブラックスーツに長い黒髪、長身の堂々たる体軀の女性。彼女は、晴永の使い魔である山犬の三峰だ。

「少し煽られただけで、みっともなく本性現すとはな」

つぶやく三峰の口の端に、鋭い牙がのぞく。

「な、なにを」「なんだ、貴様」

妖かしたちがたじろいで尋ねるが、三峰は背後にちらと目をやる。

「晴永、どうする。みんな喰い殺していいのか」

ひええ、とすくみ上がる妖かしたちの前に、狩衣姿の晴永が進み出た。

「そこまではいってないよ。でも、浮かれて外に出るような気分は吹き飛ばしておいてくれると助かるかな」

「はっ、つまり、立ち上がれないぐらい痛めつければいいわけか」

三峰はわざとらしく両手を合わせてぼきぼきと指を鳴らす。それを見て、わあっ、と妖かしたちは逃げ出した。三峰は呆れたように肩をすくめる。

「どこまでも情けない。だから偽物の煽りにたやすく乗る」

「……そこをどけ」

陰気に響く声が頭上から降ってきた。見上げれば、天井につくほど巨大な、不気味な獣が立っている。毛むくじゃらのなかに、耳元まで裂けた紅い口が見えた。

「骨のありそうな奴がいないこともないな」

にぃい、と三峰は牙を剝いて笑った。その背後から晴永は声をかける。

「ここは頼む。ぼくはほかの場所の加勢に行ってくるよ。なるべく設備は壊さないようにね。後々面倒だから」

「私に命令するなといったはずだぞ」

「忠告なんだけどな」

という晴永のつぶやきが届く前に、巨大な獣に三峰が飛びかかった。

壁や天井にぶつかる派手な物音に背を向けて、晴永は階段へ歩き出す。

「まさか、御曹司に備品の賠償を求められないよね。助けを求められたのはぼくだし？　いや、晴和の不始末を咎められるかな……？」

困惑のつぶやきとともに、晴永はその場を去っていった。

あやねの前に、種々雑多な妖かしたちが立ちふさがる。

見上げるほどの大きなもの、その足元でぴょんぴょんと飛び跳ねる小さいもの、人間の耳を生やした毛深い獣のようなもの、肉の塊のようなもの、ただのつづらにしか見えないもの……あやねにはなんの妖かしか判断もつかない。

「おい、狐女」

目鼻もない大きな肉の塊が声をかける。

「はっ、はい！　な、なんでしょう」

あやねは必死に平静を装って答える。その実、恐ろしさで膝は笑っていた。

「この階から美味そうな匂いがする」

べろぉり、と肉の塊が割れて、長い舌が現れる。

「人間の、匂いだ」

ひいぃ、とあやねは身をすくませる。

「どこだ、人間はどこだ」「そうだ」「そうだ」「喰わせろ」「人間を」

一斉に妖かしたちがわめきだす。あやねは恐ろしさで、ますます身が凍る。

いまは狐のお面でごまかされているが、いつ人間と見破られるかわからない。

自分だけならまだしも、身重のひろみと幼い卓也がいるスイートルームへは行かせてはならない。どうにかして、気をそらさなくては。

（そうだ、ラウンジには食事が……！）

とはいえ、そこにはひろみの兄夫婦がいる。個室スペースにいるとはいえ、近づけば人間の匂いでばれてしまうかもしれない。

あやねは考えながら口を開く。

「お、お、お腹が、空いているのですか」

「そうだ」「そうだ」「そうだぞお！」

床を踏み鳴らしてわめく妖かしたちに、あやねは懸命に言葉を継いだ。

「わ、わたしはこのホテルのガイドです。今日は人間のお客さまはいらっしゃいませんよ。百鬼夜行祭で妖かしの方以外お断りしているので」

「嘘をつけ！」

空気がびりびりと震えるような大声で妖かしが叫ぶ。ひっ、とあやねは身を縮めるが、心を奮い立たせていい返した。

「ふだんは人間のお客さまばかりなので、そんな匂いがするだけでしょう。よろしければ、食事もお酒も出せる場所へご案内いたします」

「酒」「酒！」「酒か!!」「飯もだ！」

妖かしたちは色めき立った。

「準備がございますので、そちらのスタッフへ連絡いたします」

あやねはインカムを押さえ、ラウンジへ連絡する。

「二十階のガイドです。いまから妖かしのお客さまを大勢ご案内いたしますので、大量の食事とお酒を用意していただけますか。大至急、お願いします」

『その声は花籠チーフ⁉ 本気ですか』

スタッフの驚きの声が響くが、あやねはかまわずいった。

「百鬼夜行祭用に、ほかのフロアには料理やお酒があります。ラウンジでおもてなしするので、そちらから回すよう伝えます。それまであるだけの材料で用意を。それと、大人数ですから広間で。くれぐれも個室には入れないでください」

意味ありげに念押しし、あやねは通話を切って別の階のレストランへかける。

「二十階ラウンジです。いますぐ、こちらへ料理を運んでください」

「早くしろぉ、まだか」「まだか」「まだかぁ！」

妖かしたちがあやねを囲み、恫喝（どうかつ）し、地団駄を踏む。あやねは小さくなりながら、必死の声でインカムに話し続ける。

「大勢の妖かしのお客さまがお待ちです。とにかく、あるだけの料理とお酒を」

そういって通話を切って、あやねは向き直る。

「お待たせいたしました。それでは、こちらへ」

狐のお面の下でにこやかな声を作り、あやねはラウンジへ誘導する。その後ろを、ずしんずしん、ぺたぺた、ぬるぬる、と様々な足音がついていく。

「おおお、いい匂いだ」「肉だ」「魚だ」

ラウンジへ入ったとたん、大テーブルに並べられた料理や酒に妖かしたちは浮かれた様子になると、まだビュッフェ用のトレーやディッシュを並べている最中のスタッフを押しのけて、我先にテーブルへ殺到する。

といっても、ありあわせのオードブルと飲み物だけ。まだほかの階からの料理は届いていないようで、この調子ではすぐになくなりそうだ。

それでも時間稼ぎはできる。あやねは即座に個室スペースへ走った。

「おい、さっきからなんだ、この騒ぎは……うわっ⁉」「すみません！」

顔を出そうとした大城戸兄を体当たりするように押し込み、ドアを閉める。

「申し訳ありません。急遽(きゅうきょ)、ハロウィンパーティ参加の団体のお客さまが入りまして、少々騒がしくなります」

狐のお面を引き上げ、あやねは引きつった笑顔で答える。

「よろしければ、大城戸さまのスイートルームにルームサービスをお運びいたしますので、そちらでお召し上がりを」

「わざわざ移動を？　どうしてよ。先客はこちらなのに」

義姉が不満げにいったとき、広間で「酒が足りねえぞ」「肉だ！　肉はどうした！」と身を震わせるような胴間声が響いた。

「なっ⁉」「な、なに、いまの声」

兄夫婦がびくりとして腰を浮かせたとき、ドアの外に気配がした。

「……ふん、ふん……どうも人間臭いなあ」

かすかに聞こえる声に、あやねはぞっと背筋が冷たくなる。

「すみません、静かにしてお待ちくださいね」

そう兄夫婦に告げて、素早く狐のお面を下ろすと外に出る。

「おい、いま、ここから出てきたな」

外に立っていたのは、羽織袴に大きな爬虫類（はちゅうるい）か鰐（わに）のごとき頭を持つ妖かしだ。ずらりと並んだ鋭い牙を見せ、妖かしは恫喝する。

「ずいぶんと人間臭いぞ。なかを見せろ！」

ひ、とあやねは悲鳴を上げて首を縮める。それでもドアの前に立ちふさがって動かず、心を奮い立たせて答える。

「い、いえ、ここは……昨日まで使われていて、まだ清掃が行き届いていなくて、臭いが残っているだけです。どうぞ、お料理のほうをお召し上がりくださ……」

「いいや、間に合わせの獣の肉なんぞ要らん。おれは」

生臭い息をあやねに吹きかけ、妖かしは鱗の光る顔を寄せる。

「……人間が、喰いたいんだ」

あやねはもう声も出ない。爪先立ってドアに張り付くばかりだ。

「花籠チーフ、新しいお料理とお酒、追加いたしました！」

そこへ、レストランのスタッフたちがカートを押して現れた。救われたとばかりに、あやねはすかさず大テーブルを指し示す。

「お、お客さま、どうぞあちらへ。当ホテル自慢の料理をご堪能くださ……」

「待て。いま、花籠といったな」

妖かしはさらに身をかがめて、あやねに青い鱗のぎらつく顔を寄せる。

「確か、高階の次期頭領の嫁は花籠といったはずだ。しかもその嫁は、人間だと聞いている。もしや、おまえ」

ぐああ、と妖かしは巨大な口を開け、恐怖に凍り付くあやねに襲いかかる。

「おまえが、人間だったか……？」

あやねは目を閉じて身をすくめた。だが、いつまでも衝撃はやってこない。

「……当ホテルのスタッフが、どうかしましたか」

その声に、はっとあやねは目を開ける。妖かしの肩に手を置いて、引き留めているのは、黒い衣と真紅の裳をつけた太白だ。

よほど急いでやってきたのか、息せき切って、髪も乱れている。

「貴様、高階の若造か」

「困りますね、スタッフには害をなさないという決まりです」

強引にあやねの前に入り込む太白に、妖かしは凄む。

「決まりなど知ったことか。啓明が我らの本性を解き放ったのだ。ならば本性のままに好きに振る舞わせてもらうぞ」

「見破れないとは、大した本性ではない」

冷ややかな太白の声に、妖かしは「なに」と目を剝く。

「あれは啓明ではない。陰陽師が惑わしのために放った式神です」

「なんだと……なんのために」

「それはいまだ定かではありません。……だが」

太白のまなざしが、凍るように冷ややかになる。

「偽物の言に乗じて決まりを破り、祭りを混乱に陥れたのは間違いのない過ちだ。疫鬼として追われたいか、疾く改めよ」

妖かしはひるんで一歩引く。太白のほうが背は低いのに、まるで見下ろされたように。しかし、妖かしは即座にいい返す。

「……もう遅い。たとえ過ちでも、我らは本性を取り戻した」

いつしか、多くの妖かしがその場に集って太白を囲んでいる。

「貴様ひとりと我ら多数、立ち向かえると思うてか！」

「まあまあまあ、せっかくの祭りに、なぜそうも険悪であるか」

一触即発の空気に、突如、幼い声が割り込んだ。

「お大師さま？」「お大師さま、どこからいらしたんですか」

驚くあやねと太白をよそに、童子の姿のお大師さまは、身に余るような大きなワインの瓶を持ち上げて、妖かしたちに見せつける。

「せっかくの祭りである。つまらぬいさかいなどするより、酒でも飲むがよい。美味い食い物もあるのだからな。おお、そうだ」

お大師さまは、閃いた！　という顔で太白と妖かしを見比べる。

「どうせ争うなら、飲み比べはどうであるか？」

「お大師さま、ちょっと、なにをいうんですか⁉」

せっかく丸く収まりそうだったのに突拍子もない提案をされて、あやねは咎めてしまう。一方、妖かしたちは大いに湧いた。

「そいつはいい」「酒飲み勝負だ」「若造もいやとはいわんだろうな」

「わかりました、いいでしょう」「太白さんまで⁉」

あわてて袖をつかむあやねを、太白は肩越しに振り返る。

「この隙に、お客さまをご案内してください」

「で、でも、太白さん……お酒に強いんですか」

不安げに尋ねるあやねへ、太白は安心させるように爽やかに笑った。

「……初めて飲みます」

「たっ、太白さーんっ⁉」

引き留める声を振り切り、はやし立てる妖かしたちに囲まれて、太白は様々なお酒の並んだ大テーブルへと歩いていく。あやねは心配で心配でたまらないが、太白の尊い犠牲（？）を無駄にはできない。

場の注目が彼に向いているうちだと、急いで個室へ戻る。

「おい、なんだ、外の騒ぎは」

狐のお面を跳ね上げて入ってきたあやねに、大城戸兄が食ってかかる。

「ご安心を、ハロウィンの余興です。ただいま、ご案内いたしますので、どうぞ、スイートルームへ。ただいま、ご案内いたします」

「しかしだな……」「そうよ、なぜ……」

「ただいま、ご案内いたしますね！」

有無をいわさぬあやねのにこやかさに、兄夫婦はいい返せず、渋々腰を上げる。

「どうぞ、個室から出たら真っ直ぐ戸口へ」

あやねは丁重に説明する。

「団体のお客さまたちは酔いでだいぶ気が大きくなっていますので、目が合うと絡んでくるかもしれません。くれぐれもご注意を」

といってあやねはふたりを連れて外へ出る。

「おう、おう、いい飲みっぷりだ」「半妖の若造と思っていたが、意外にやるもんだ」

「だらしがない、このままでは若造に負けるぞ」「なんの、まだまだ」

「大城戸さま、戸口へどうぞ。急ぎ足で」

わいわいと騒ぎ立てる大テーブルの光景を自分の体でさえぎって、あやねは大城戸兄夫妻の背中を押すようにして外へ追い立てる。

「で、出られた……」

なんとか気づかれずに外へ出られて、あやねは安堵の息をつく。

「スイートルームはこちらです。いま、ルームサービスをお持ちいたしますね。もちろん、これは当ホテルからの無料サービスです」

当惑気味の兄夫妻を導きながら、あやねはインカムでフロントに通話する。

「花籠です。いますぐ二十階のスイートルームへルームサービスをお願いします」

『チーフ？　二十階って、いま、どうなっているのです』

「高階部長が……その、お客さまと呑み比べをしてまして。それはそうと」

あやねは声をひそめて尋ねた。

「そちら、エントランスのほうは大丈夫ですか。鳳凰の間から大勢の妖かしたちがあふれ出て、街へ出ようとしているらしいのですが」

『いまのところ姿は見えません。念のため、白木路さまが待機しています。歳星さまも、上階で抑えてくださっているようですし』

「よかった、それなら安心です」

『ルームサービスをお持ちするとき、スタッフの救護にも向かいます。鳳凰の間での出来事の情報収集や対応に追われていましたが、白木路さまがきてくださったおかげで、こちらも対応できますので』

お願いします、と返してあやねは通話を切る。しかし、また忘れていた違和感が胸によぎる。なんだろう、ずっともやもやしているのに、その正体が見えない。情報が足りないのか。だが、どんな情報かもわからない……。

「兄さん、義姉さん！」「おお、ひろみ」

スイートルームに入れてもらうと、ひろみが出迎える。

「まったく酷い。来年からハロウィン企画をするなら、毎年こんな有様なのか」

「本当にご迷惑をおかけしました」

不満をこぼす大城戸兄に、あやねは深く頭を下げる。

「後日、上のものと改めてお詫びにうかがいます」

「当然だ。会食と宿泊料金もタダにしてもらわんとな。でなければ、今後の取り引きを考えさせてもらう」

「兄さん、やめて。品がない」

棘のある言い方をする兄を、ひろみは強く制止すると、ふと声を落とす。

「……ごめんなさい、無理やり宿泊したのは、たぶん、わたしのせい」

「大城戸さま？」

頭を上げるあやねから、ひろみは目をそむける。

「本当は今日、青葉は宿泊を断っていたんでしょう。おかげで周辺のホテルも予約が取りにくくて。でもこの日しか仕事の都合がつかなくて。そんなとき、取引先から連絡がきて、こちらの事情を話したら青葉の予約を取ってくれるって……」

後悔の顔で、ひろみは唇を噛む。

「いま考えたら、変だと思うべきだったのに」

そういえば、宿泊部のスタッフは、サイトコントローラーを変更したといった。そしてひろみは、ＩＴ会社の社長だ。その伝手で、話が持ち込まれたのか。

その話の背後に、晴和が噛んでいる可能性は大だ。

「つまり、おまえは不正をしたわけなのか」「なんてことをしたの」

咎める兄夫妻に、ひろみは気後れした声でいい返す。

「結果的にはね。でも兄さんたちだって、青葉での会食じゃなきゃ駄目っていい張ってたでしょう。だから無理やりにでも、予約取らないとって」

「わたしのせいにするのか。不正をしたのはおまえだろうが」

兄と義姉はますます嵩にかかって、ひろみを問い詰める。

「だいたい、おまえが断りもなく離婚と再婚をするからいかんのだ」

「そうよ。しかも妊娠してから入籍ですって？　親戚たちから、恥ずかしい、みっともないと散々いわれているのを知っているの」

「知るわけがないでしょう。勝手なことばかりいうのはやめて」

「ママをいじめるな！」

ひろみをかばうように卓也が割って入って、兄夫妻を見上げる。

「恥ずかしくてみっともないのは伯父さんと伯母さんのほうだ。ママには赤ちゃんがいるんだぞ。ママをいじめるのは、赤ちゃんまでいじめることだぞ」

「いや、卓也。これはだな」「そうよ、べつにいじめては……」

「子どもは守られなきゃいけないんだ。なのに大人のくせして、赤ちゃんをいじめて、恥ずかしいと思わないのか！　みっともないんだ！」

精一杯の声でいうと、卓也はぐいと小さなこぶしで涙をぬぐう。兄夫妻は気まずそうに押し黙り、ひろみは卓也の肩を抱き寄せる。

「卓也……ごめん、あなたにそんなこといわせて。兄さん、義姉さん」

ひろみは卓也を抱きしめて、兄夫妻を真正面から見返す。

「兄さんたちゃ親戚になにをいわれようと、わたしたち家族は充分幸せだから。それだけは、ちゃんと覚えていて」

置いてけぼりのあやねは見守るしかできなかったが、とりあえず、なにがしかの決着はついたらしい。こっそり胸を撫で下ろしたとき、ドアを叩く音が響いた。

「失礼いたします、ルームサービスです」

あやねが駆け寄ってドアを開けると、様々な料理や飲み物を乗せたカートを押して、スタッフがふたり入ってきた。と思ったら、するりと小さな影もふたつ入ってくる。

見れば、ワインの瓶を持ったお大師さまと、小泉さんである。

「おお、あやね。美味そうな料理につられてきたら、ここにいたであるか」

にゃおん、とふつうの猫のふりで小泉さんが鳴いた。

「お大師さま、小泉さん？　駄目ですよ、ここはご宿泊のお客さまの部屋で」

「なに、かまわんのである。今日は祭りの日であるからな」

「この古狸、好き勝手ばかりですにゃ。小泉が監視しないとですにゃよ」

こっそりと小泉さんが人語でつぶやいた。

「猫だ！」「おお、料理か。腹が減っていたところだ」

卓也は小泉さんに、大城戸兄は料理に目を輝かせる。

「というか、なんだ、猫に子どもがなぜ入ってくる」

「まあまあ、まあ。どうだ、いい酒を持ってきてやったぞ」

「これは、まさかシャトー・ル・パン？　確かにいい酒だが」

お大師さまの差し出すワインの瓶を、大城戸兄は戸惑いつつも受け取った。

「あの、太白さんは……？」

あやねがそっと訊くと、お大師さまは誇らしげに答えた。

「案ずるな。なかなか健闘しておる。ふたりつぶして、三人目だ」

「それって、かなり飲んでるってことじゃないですか！」

あやねが声を上げたとき、ソファで「ううん……」とスタッフが起き上がる。いましもルームサービス係のスタッフが、車椅子で運ぼうとしたところだ。

「すみません、少し話を聞きたいんですけれど」

あやねは駆け寄り、ソファの前に膝をついて声をかける。

「ああ、花籠チーフ……申し訳ありません、不覚を取りました」

「いいえ、あなたに落ち度はありませんから。それより、あなたの気を失わせた相手の姿は見ませんでしたか」

「それが、ドアを開けた瞬間に背後から口をふさがれて……」

　収穫はなさそうだな、と思いつつもあやねは尋ねる。

「なにか、ほかに気づいたおかしな点などありませんか。誰か不審なひとを見かけたりとか、部屋の周囲で違和感があったりとか」

「いえ、電話を受けて……すぐここに向かったんです。そのあいだ、車の用意はほかのスタッフがするはずでした。二十階に上がって、ちゃんとエレベーターに結界のお札があるのを目にしたのは、覚えています」

　目覚めたばかりで朦朧（もうろう）としているのか、スタッフの声も言葉もおぼつかない。

「スイートルームに向かう途中、ラウンジに向かう大城戸さまたちを見かけて……それから、この部屋をノックして……すみません、おかしなことは、なにも」

「大丈夫です、具合の悪いときにごめんなさい。そうだ」

　あやねはルームサービスのスタッフを見上げる。

「ここにほかのお客さまが入ってきたということは、さっきあなたたちがきたときは、エレベーターの結界のお札はなかったことになりますよね」

「急いでいたので目にはしませんでしたが、おそらく」

　あやねは考え込む。やはり式神はフロントスタッフと入れ替わってから、エレベーターの封印を除去したのだ。そのあと、鳳凰の間へ向かったのだろう……。

「え……ちょっと、待ってください」

はたとあやねは目を上げる。いまの会話でおかしな点に気づいたのだ。

フロントスタッフに確認すると、あやねはすぐさま立ち上がる。

「すみません、太白さんのところへ行ってきます。ふたりのうちひとりは、大城戸さまたちにサーブをお願いします」

「花籠チーフ？　どうされたんですか⁉」

スタッフの声にも振り向かず、あやねは部屋の外へと走り出した。


ダン、と太白が空っぽの一升瓶をテーブルに叩きつける。

「おおおっ、これで三人抜きだ！」「すごいぞ、高階の若造は！」

ラウンジの大テーブルでどよめきが上がった。そのそばには、見事に酔いつぶれた三匹の妖かしが倒れている。どれも巨漢で見るからに酒豪らしいが、いまは息も絶え絶えで真っ赤になって動けそうにない。

「僕に挑んでも無駄だとわかりましたか」

太白は空の一升瓶をテーブルに転がしてうそぶいた。

「さあ、次に挑むのはどなたです。潰れるだけかと思いますが」

妖かしたちは顔を見合わせ、たじろいだようにじりっと下がる。

「太白さん！」

そこへ、あやねが袖をひるがえしてラウンジ内へ駆け込んできた。

「大変なことに気づいたんです、聞いてくださ……って、あの……」

妖かしたちが一斉に振り返る。よほどあわてていたらしく、あやねは狐のお面をつけてない。とたん、妖かしたちは色めき立った。

「……人間」「人間か？」「人間だ！」「喰わせろ！」

あやねは急いでお面をかぶろうとしたが、酒の入った妖かしたちは興奮に我を忘れ、テーブルの料理や酒を蹴飛ばすようにして殺到する。

だが、妖かしたちが届く前に太白が走った。

怒涛のごとく押し寄せる妖かしの横合いからあやねを抱き上げて飛びのくと、廊下ではなく反対方向へと走る。向かう先は、仙台のまばゆい夜景が見える大窓だ。

太白の腕のなかで、あやねが怯えた顔で尋ねる。

「た、太白さん、どこへ、どうするつもりですか」

「申し訳ない。エレベーターでは追いつかれるので、少し乱暴なことをします」

といったかと思うと、いきなり太白は大窓を膝蹴りした。

派手な音を立てて分厚い窓ガラスが割れる。冷たい突風が吹き込むが、太白はあやねを片腕で抱いたまま、破片の残る窓枠に足をかけた。

「待って、太白さん、まさか、嘘でしょおおおっ」

という叫びの尾を引いて、ふたりは暗闇へ落下していった。

◆

上階の騒ぎが嘘のように、ホテルのフロントロビーは閑散としていた。

振袖で幼女姿の白木路が、隅のソファにちんまりと腰かけている。ロビーに飾り立てられたにぎやかなハロウィンツリーと、対照的な光景だ。

「上の階は大丈夫でしょうか。万が一、入り口の結界が破られでもしたら」

フロントスタッフが心配そうに白木路に話しかける。

「それほどたやすい作りではありませんわよ。招かれたものは入れても、わたくしの許しがなければ、出るは叶(かな)いませんもの……でも」

白木路の澄ました声が、ふと、止まる。

エレベーターのドアのほうから足音がした。白木路は、はっと腰を浮かせる。

磨き抜かれた大理石の床に映る、ひとつの影。ハロウィンの制服のフロントスタッフの男性だ。しかし、白木路やスタッフを前にしても、臆することのない足取りで歩いてくる。

震える声で、白木路が呼びかけた。

「……その気配、まさか」

男性スタッフは答えずに足を止めると、おもむろに己の顔に手のひらを当てて、すっと撫で下ろした。とたん、姿が一変する。

「久方ぶりだ、白木路」

呼びかけられて白木路は声もない。目の前に立っているのは——。

「長庚、あなた……!」

黒灰色の和装に肩までの長い髪。沈んだ暗いまなざしの、怜悧(れいり)な美貌の青年。長庚と呼ばれた青年は、低く深い声音で白木路に語りかける。

「退いてもらえるか。力ずくはがさつで好かないから」

「わたくしを退けて、どうするおつもり」

白木路が震える声で問い返すと、長庚はぼそりと答える。

「わかっているだろう。……結界を壊す」

「わたくしがそれを許すとでも思うのですか」

「俺の背後に、父がいるといっても？」

白木路がひるんだように口をつぐむ。ふっと長庚は暗い笑みを浮かべた。

「本当に父が絶対なのだな。俺が単独では、こうはいかない」

「その言葉をどう信じろと。啓明さまの姿を模したのは、式神と聞いています」

「啓明が、みだりに自分の姿を貸すと思うか」

はっと白木路が目を見開く。長庚は静かに、重みを持った声で告げる。

「退け。千年も永らえて、いまさらここで滅したくもないはずだ」

白木路は震える唇を噛みしめ、静かに一歩、背後に下がる。

「いいえ、退くのはそちらです」

入り口から声が響いた。はっと白木路は振り返り、長庚は鋭く目を細める。

「お久しぶりです、父さん」

「……太白」

エントランスより大股でやってくるのは、黒い衣に紅い裳の太白。後ろからは歳星が険しい顔で、そしてあやねが小走りでついてくる。

「早いな。上階で足止めされているかと考えたのだが」

「僕の配偶者が、示唆してくれたのです」

太白が静かに、けれど誇らしさのにじむ声で答えた。

「博物館で人間の客と入れ替わり、客室で女性スタッフを失神させたのはあなただった。しかし、そのスタッフの姿で鳳凰の間へ入ったのは、あなたが持ち込んだ式神。そのあと、変化して部屋を出たあなたがエレベーターの結界を解いたのでは、と」

体調の悪い裕司――に変化した長庚を迎えにいった女性フロントスタッフは、途中、ラウンジへ入るひろみと卓也を見かけたと話した。

一方、卓也を追いかけてラウンジを出たあやねは、男性スタッフとすれ違った。このとき、百鬼夜行祭が始まる直前だった。三十二階の鳳凰の間へ向かうには、時間が足りない。つまり時間差で相前後して、式神と長庚は部屋を出たのだ。

ほんのわずかな、取るに足らないような差異。だがその差異の意味、別行動の理由を、あやねは考えたのだ。

狐の血が混じる長庚なら、松島の蛇ケ崎が人間たちに化けたように、変化のわざを使っても不思議ではないとも。

「そうしてホテル内に妖かしをあふれさせ、混乱の隙にエントランスの結界を破って、妖かしたちを街へ解き放とうとしたのですね」

太白の言葉に、長庚は暗い目をその背後に向ける。見据えられて、びく、と震えるあやねの前に、すっと太白が動いた。

「なぜです。なぜいまさら現れ、そして僕たちに敵対するのです」

「……それを聞いても、おまえにはどうすることもできんだろう」

暗い声でそういうと、長庚は歳星へ目を向ける。

「おまえも太白に味方するのか、歳星」

「啓明を騙る式神もおなじ問いをしたな」

歳星は腕組みをして、厳しいまなざしで長庚をにらむ。

「太白を頼むと散々俺にいったのは、貴様だぞ。なのにこの有様か。そういえば先ほど白木路にいったな、自分の背後に啓明がいると」

嘲笑うように歳星はいった。

「おまえが啓明に逆らったのは妻を娶るときだけだった。いつまで父のいいなりだ」

「……それこそ、散々おまえにいわれたな」

長庚は陰気なまなざしでいい返す。

「人間の伴侶を選んだ太白では後ろ盾がなく、高階の頭領は務まるまい。妖力の衰え始めた父にも、やがて荷が重くなる。しかし俺は跡を継ぐ気はない。……ならば」

長庚は、すうと一歩前に足を踏み出す。

「すべてを混沌に帰すのも、一興ではないか」

「……馬鹿なことを！」

静かな怒りの声で太白がいった。長庚は灰色にも近い、色のない表情で息子を見返す。ふたりの様子に、歳星はちらとあやねを横目で見る。

「ひゃっ⁉」

歳星に首根っこをつかまれ引き寄せられて、あやねは変な悲鳴を上げた。

「貴様ら父子が勝負するなら、俺は傍観させてもらう。太白、とりあえず貴様の配偶者は守ってやる。だが加勢はせんぞ」

「充分です」

そういうと太白は黄金の四つ目の面を取り出してかぶる。

「父さん。あなたを疫鬼として追うのは忍びない。……ですが」

黒い衣の袖からのぞく右手が、厳つい鬼の手へ変わっていく。

「この地を荒らすつもりなら、容赦はしません」

「……がさつなことは好きではない、といったのだが」

対峙する太白と長庚、父子の美しい顔立ちはよく似ている。

しかし、凜々しい太白と沈んだ面持ちの長庚は対照的で、まるで陰と陽だ。太白の後ろで、あやねは不安に両手をぎゅっと握り合わせる。

ふたりは見つめ合ったまま、微動だにしない。

「！」

ふいに太白の目の前に長庚が現れた。動いた気配も素振りもなかった。太白も動きは疾（はや）いが、確実にそれ以上だ。長庚は太白が反応する前にその襟をつかんだかと思うと、いきなり壁に投げ飛ばす。ホテルが振動するほどの恐ろしい音が響いた。

「た、太白さん……っ！」

あやねは口に手を当てて悲鳴を上げる。だが即座に太白は跳ね起き、飛びかかる。その振りかぶる片腕は巨大な鬼の腕となっていた。

長庚は素早く避けるが、凄まじい風圧によろけたところを、太白が身を返してその背を蹴り飛ばす。長庚は激しい音とともに床に叩きつけられた。

「……父を足蹴にするか」

ゆらりと立ち上がる長庚に、太白が青ざめた顔で返す。

「この状況で血縁を口にされても、説得力がありませんね」

そういうと、即座にふたりは相手につかみかかる。

太白と長庚は、大理石の壁や床に穴を開けるほどの壮絶な立ち回りをする。見た目は美青年同士なのに、怪獣大決戦のような力任せの応酬だ。

あやねはもう、気が気ではならない。どちらかが倒れるまで決着がつきそうにない。そして倒れるのは、太白かもしれないのだ。

「あの、歳星さん」

必死に考えを巡らせつつ、あやねはかたわらに立つ歳星を見上げる。

「歳星さんが太白さんにお味方しなくても、わたしは味方してかまいませんよね」

「貴様に味方する力があるとは思えんがな」

「ええ、ありません。でも助けを仰ぐ方はいます」

歳星は腕組みをしたまま「好きにしろ」と肩をすくめた。あやねは即座にインカムを操作して話しかける。

『あやねさん、無事!?』

「無事です。藤田さん、いま、どちらですか」

出なかったらどうしようと思ったが、晴永はすぐに応答してくれた。

『十階の非常階段だよ。こっちはだいぶ大人しくなってきた。というより、数が減ってきた。どこかに逃げ込んでいるのかもしれない』

ふと、あやねは背筋がうすら寒くなる。

「藤田さん、いますぐフロントロビーへ降りてきてください」

『なに、そちらになにがあるの』

「太白さんと、お父さまが対決しているんです。でも、本当の危険はそこじゃないはずです。お願いします、加勢を」

『わかった。ぼくも降りるけれど、三峰も呼んでおく』

あやねは通話を切ると、歳星を振り仰ぐ。

「歳星さん、太白さんに味方はしなくても、わたしは守るとおっしゃいましたね」

「ああ、確かにいったが……おい、どこへ行く！」

歳星の声を置き去りに、あやねはエレベーターホールへ走る。

一階の奥にあるホールにたどりついたとき、まさに上階よりエレベーターが降りてきた。激しい動悸を抑えて、あやねは扉の前に立つ。

リン、と到着の音がして、扉が開く。

そこに立っていたのは――血の色のような真紅の狩衣を身に着け、真っ黒で恐ろしげな鬼女の面をかぶった、長い黒髪の女性。

ひどく不吉で、禍々しい出で立ちは、鬼の面にいかにもふさわしい。

彼女の背後には、ぎっちりとエレベーター内に詰まった妖かしたち。

まるで、その女性こそが妖かしを統べる真の【鬼】であるかのような——。

あやねは一瞬ひるむ。しかし、懸命に足を踏みしめて立ちふさがる。

『あなた……高階の配偶者』

どこか遠くから響くような声で、行く手を阻むあやねへと女性はつぶやく。

「ここは通しません。藤田晴和さん」

確信を持ってあやねは名を呼んだ。おそらく、長庚が結界を破った頃合いを見計らって降りてきたのだろう。あるいは破れなくとも、ホテル内の注目が長庚に向く隙に、妖かしを集めて解き放つ予定だったのか。非常階段には晴永がいる。だからエレベーターでロビーへ降りてくるだろうと、あやねは予測したのだ。

「あなたの目論見(もくろみ)は叶いません。招かれざるお客さまは、どうぞご退去を」

きっぱりと告げるあやねに、うっすらと女性の口元が笑む。

『ただの人間が大口を……なに⁉』

「人間！」「人間か！」「もう我慢ならん！」「腹が減ったぞ！」

エレベーター内に詰まった妖かしたちが暴れ出したかと思うと、晴和を突き飛ばすようにしてあふれ出す。あやねは、正体を隠す狐のお面をかぶっていなかった。ラウンジ内の失敗を教訓に、自分の身が囮になるかもと考えたのだ。

『暴れ狂うのは街に出てからと命じたはず、なぜここで！』

晴和は憤るが、妖かしたちは制止など聞かず、あやねにつかみかかる。

次々と伸ばされる腕に、あやねはぎゅっと目を閉じて身を固くする。だが次の瞬間、妖かしたちがホールの壁へと吹き飛んだ。

「まったく、無謀な真似をする」

歳星が尊大な態度で前に立つと、あやねを肩越しに見下ろす。

「大天狗を働かせるとは、つくづく太白も遠慮のない伴侶を選んだものだ」

「歳星さんは、ご自分の言葉には責任を持つ方ですから」

あやねはほほ笑む。なんだかんだ、歳星が太白に甘いのをよくよくわかってきたからだ。二十階から飛び降りたときも、彼が送った風のおかげで安全に中庭に着地できた。どうやら知らんぷりをしつつ、こっそり監視していたらしい。

「それで、おまえがこの一件の首謀者か」

歳星は、鬼の面をかぶった晴和を見据える。

「長庚を焚き付け、妖かしどもを解き放って、どうするつもりだ。弟への嫌がらせにしては、ずいぶんと大袈裟だな。それとも……ほかに魂胆があるのか」

晴和は答えない。と思いきや、ふいに袖口から無数の人型の紙が落ちた。

「危ない！」

歳星があやねを抱いて横っ飛びに避けた瞬間、壮絶な火の手と煙が上がる。

起き上がろうとした妖かしたちは火と煙に足止めされ、あやねたちも晴和の姿が一瞬視認できなくなる。咳き込みながらあやねはロビーの方向を振り返った。

「た、太白さんっ！」

あやねの視線の先で、いままさに真紅の狩衣をひるがえし、晴和が走っていく。片手で印を切りながら、もう片手を固く握って。

長庚を殴り倒し、床に押し付けると、太白はその襟をつかんで問いただす。

「ここまでされても、僕を頼りないと思いますか」

太白は己が父に、断固として告げる。

「僕は負けません。たとえ、祖父やあなたに見放されても、頭領にふさわしいと認められなくても、僕はこの地を守ってみせます」

長庚はじっと息子を見上げる。暗い瞳には、光が見えない。

「……自分の生まれを呪ったことはないか」

血のにじむ口元が開き、問い返す。

「半妖として、人間にも妖かしにも交われぬ己を呪ったことは、ないか」

太白は襟をつかんだまま、じっと父を見据える。ややあってその口を開いた。

「……あります。何度も、数えきれないほど、あります」

「ならばなぜ、俺とおなじに人間の伴侶を選んだ」

太白は目を伏せる。だが油断せず、長庚の襟をつかむ手は離さない。

「夏井が守る松島の別荘に、僕はあやねさんと一緒に行きました」

長庚が目を開く。太白は、芯の通った声で告げる。

「あやねさんはあの別荘を〝愛情と幸福が満ちている〟といってくれました。あなたと……母が、僕を大切に想ってくれたその証があると。だから」

強いまなざしで、太白は父を真っ直ぐに見据える。

「僕は、この結婚を後悔してはいない。いいや、後悔どころか、あやねさんが僕を選び、選び続けてくれることを、心から誇りに思います」

長庚は息を呑み、息子を見つめる。その瞳にはかすかな光が生まれている。

『――高階、太白！』

ふいに呼ばわる声が響いて、はっとふたりは顔を向けた。

真紅の狩衣の袖をひるがえし、晴和は腕を振りかぶる。空気を震わすような呪いの言葉がロビーいっぱいにこだまする。

『火気に拠りて金気を滅す。鬼よ――疾く、去ね！』

響き渡る大声で叫んで、晴和は握ったなにかを投げつけた。

それは、豆粒。つまりは節分の豆であり、鬼を祓うのに使われる呪具だ。その豆が太白を目がけて飛んでいく。

「父さん⁉」

だが、それを受け止めたのは長庚の腕だった。

壊れた大理石の床にばらばらと豆が落ちる。長庚は豆を払いのけた腕を抱え、苦悩のうめき声を上げて身を折る。その腕は灼けただれ、くすぶっていた。

「た、太白さん！」「長庚、太白！」

あとから駆け寄るあやねと歳星の前で、晴和が再び腕を振り上げる。

『なっ、ああっ！』

しかし、突如どこからか現れた無数の白い鳥が晴和の体を切り裂いた。折しも非常階段から、息せき切って晴永が、あとから悠然と三峰が現れる。と同時に、白い鳥は人型の紙となって、床に散らばった。

膝をつく晴和に向かって太白がいった。

「鬼退治に、これだけで足りるとでも思ったか」

冷徹な、打つような声。冷え冷えとした表情は硬く凍った氷河のよう。

しかしあやねにはわかる。太白が、心底憤っていることを。

「鞍馬山(くらまやま)の鬼を祓うには、三石三斗の炒(い)り豆が要った。僕を滅したければ、それだけの量を持ってくるがいい。そして」

身をかがめ、太白は落ちた豆を拾う。その手のひらから煙が上がった。見ていたあやねは思わず息を呑む。

「あなたは己の正体を隠すのに鬼の面を使った。面とは変化のわざであり呪術。あやねさんが狐の面をかぶり、狐のふりをしたように。すなわち」

ずい、と強く太白は一歩踏み込む。

「貴様は——鬼と化したも同然」

『……ッ!』

「そして僕は鬼であり、かつ、鬼追うものたる方相氏」

太白は四つ目の面をかぶり直し、腕を振りかぶった。

「貴様を疫鬼と認定する。高階の名において追い立てよう——」

太白は容赦なく、つかんだ豆を投げつけて叫ぶ。

「鬼やらう！」

太白の投げた豆を受けたとたん、悲鳴とともに晴和の体が焼け崩れる。まばたきの間に、その姿は一枚の人型の紙となり、紅い火を上げて燃え尽きた。

エピローグ

『青葉グランドホテル休館のお知らせ』

エントランスに掲げられた立て看板に書かれているのは、こんな文面。

『臨時改装のため、一ヶ月をめどに休業いたします。ご不便をおかけし、心よりお詫び申し上げます。ご質問、お問い合わせは以下の電話番号へ……』

季節は十一月。仙台の街の上には、冬に向かう薄い水色の空が広がっている。

ホテルの中庭は、満開の四季桜と色付いた紅葉が見頃。やわらかな淡紅色と燃えるような真紅が、うっとりするほど美しいグラデーションを描いている。

その中庭で、太白はひとり佇んでいた。休館中のいま、見事な眺めを堪能するのは彼以外にいない。本当は分かち合いたい相手がいるはずなのに、なぜかその相手はかたわらにいない。深々と吐息して、彼は花の陰で肩を落とす。

「やっと見つけた、太白さん。こちらにいらしたんですね」

ふいに声をかけられ、びくりと振り返る太白の前に、着物姿のあやねが現れた。

「あ、あやねさん、なぜここへ」

「また最近、わたしを避けているでしょう。わかっているんですから」

太白は四季桜の幹に隠れようとするが、あやねはずんずん詰め寄ってくる。

「お忙しいふりをして屋敷には帰らないし、連絡しても返事はしない。それが、もう五日になります。今日こそ理由を教えてくれるまでは、離しませんから」

「……申し訳ない。実は、その」

観念したのか太白はうなだれて、顔を隠すように眼鏡を押さえる。

「あのようなみっともない姿をお見せして、お恥ずかしく」

「みっともない……？　って、なにか、されましたっけ？」

眉をひそめて首をかしげるあやねに、太白は長身を縮めてぼそぼそつぶやく。

「百鬼夜行祭の夜、僕が、酔い潰れてしまったことです」


晴和の形代だった式神を退けたあと、太白はその場に倒れてしまった。

呪具の豆を握った手は軽い火傷（やけど）で済んだが、父である長庚との激しい立ち合いと、なにより飲み比べで飲んだ酒のせいらしい。

屋敷に運ばれ、手当てを受けた太白のそばに、あやねは付き添っていた。

そして、酔っぱらった彼のうわごとを、一晩中聞かされる羽目になったのだ。

「僕はですねえ、僕はぁ、ずぅっと緊張していたんですよ」

ベッドに腰かけるあやねの膝にうつ伏せて、太白はろれつの回らない口でそんなことを口走った。あやねは努めて優しく、なだめるように話しかける。

「無理もありません。百鬼夜行祭の総代なんて、大役ですもんね」

「違います、松島の別荘の夜のことでぇす」

はい？　と顔をしかめるあやねに、太白はくどくどとしゃべりまくった。

「まさかあやねさんとおなじベッドで寝るなんて思いもよらなくてですね、僕は緊張で爆発しそうだったのですよ。もちろんあやねさんの同意がなければなにもしません、しませんがしかしあなたは横になったとたんぐっすり寝てしまい、おかげで僕はいたたまれなくて眠れなくて耐え切れず床に落ちて悶々と朝まで過ごすことに」

「え、ええと、つまり？」

「つまりですねえ、僕がいいたいのは、あやねさんは、あやねさんは……」

肩を震わせて、太白はつぶやいた。

「僕のことなど、なんとも、想って、いないのかと……うっ、ううっ」

「太白さん？　あの、まさか、泣いてる⁉」

妖かしたちや長庚や、晴和の式神相手に毅然とした態度を見せた彼とはとても思えず、あやねはびっくりした声を上げてしまう。

「そんな、泣いてなどいません、泣いてなど……うぐっ」

突如太白は起き上がり、洗面所に駆け込んでドアを閉めてしまった。

いつまで経っても帰ってこないため、あやねが様子を見に行くと、太白は便器に抱きついたまま、青い顔で気絶をしていたのであった。


「……正直、よく覚えてはいないのですが」

太白は真っ赤な顔でうつむき、怯えたような小さな声でつぶやく。

「あやねさんの前で、とてつもない醜態をさらけ出したのは間違いないかと」

「なあんだ、覚えてないんですね。がっかり」

あやねが大袈裟に吐息すると、太白は「え」と眼鏡の奥の目をみはる。

「大したことはなさってません。安心してください」

「本当でしょうか……？　それなら、その、いいのですが」

「いままでわたしに見せたお姿と、大差ありませんから」

ちょっぴり皮肉っぽくあやねがいうと、太白はみるみる不安げな顔になる。

「それより、療養中のお父さまの具合はいかがですか」

「父ですか。いまだ意識は戻っていませんが、かろうじて命はあります」

太白をかばって晴和の呪具を受けた長庚は腕が灼けただれ、衰弱してしまった。晴永が清めのわざを行ったが、重傷のまま意識は回復せず、現在は白木路が預かって、彼女しか知らない結界内で保護している。

「結局、藤田姉の狙いはわからないままとなっています」

太白は明るい陽のそそぐ庭に目をやる。

「ですが、彼女の姿をしていたのは、思業式神という上位の式神で、術者の分身です。僕が返した呪具で、かなりのダメージを負ったはずです」

「それでは、しばらく邪魔はないんですね」

「おそらく、とりあえずは」

険しい顔を崩さず、太白は言葉を続ける。

「僕が思うに……藤田姉は、晴永さんへの敵対心だけでなく、妖かしたちを煽って仙台で騒ぎを起こし、それをすべて退治するつもりだったのではないかと。陰陽寮のトップとして、自分がふさわしいと示すために」

「確かに、それだけの能力がありそうですよね……」

血のような真紅の衣をまとい、鬼の面をかぶって現れたあの鬼気迫る姿を思い出すだけで、あやねは体が震える。

「誰かを助けるためにその力を使えば、もっと正しく評価されたでしょうに」

あやねの言葉に、太白もうなずく。

「しかし、方相氏であった時代の祖父を、彼女が使う擬人式神(ぎじんしきがみ)があそこまで真似られたということは……父のいうとおり、祖父の協力があったのでしょう」

重苦しい空気がふたりを包む。

「祖父は、父とおなじく人間の伴侶を選んだ僕に高階の頭領は務まらないと危ぶみ、藤田姉の力を借りて主だった妖かしを排除して、再び頭領の地位に返り咲こうとしたのかもしれません。妖力が衰えても、統治していけるように。父がそれに加担したのは……正直、つらい話ではありますが」

太白の言葉に、あやねは目を落とすと、ぎゅ、と両手を握り合わせる。

「あの、あくまで、これは勝手な憶測なんですけれど」

考えつつ、あやねは太白を見上げて口を開く。

「お祖父さまと彼女が手を結んだのを知って、お父さまは、あえて仲間になったと思いませんか。息子である太白さんを守るために」

「……僕を、ですか」

「ええ。身を挺して太白さんを守られましたし、結果的にも、代替わりに不満を持っていた妖かしたちが炙り出され、お仕置きをされて大人しくなりましたから」

あやねの言葉に、太白はふと険しい目元を和らげる。

「そうか、父は……そうだと、いいですね」

ふたりは静かな沈黙のなか、見つめ合って佇む。

すべてが片付いたわけではないし、啓明や晴和の動向も気になるが、それでもこうして心穏やかに過ごせるひとときはまた戻ってきた。

「ということで、太白さん」

いたずらっぽく、あやねは太白に笑いかける。

「そろそろ、ホテルの執務室で寝るのをやめて、ちゃんとお屋敷で寝てください。朝晩のご飯も、一緒に取ってくださいね」

「はい、本当に……不安にさせて、申し訳ありませんでした」

太白は素直に頭を下げる。そんな律儀な姿が、あやねはまたおかしくなる。

「そうだ、大城戸さまから謝罪が届いてます。色々とご迷惑をおかけしましたって」

「あの日は綱渡りでしたね……。なんにせよお客さまの無事が一番です」

お大師さまに乗せられ、散々に酔わされたひろみの兄は、なんと裸踊りをやらかしてしまい、ひそかに夫の酒癖の悪さに不満を持っていた妻は怒り心頭で、実家に帰ってしまったとか。兄は恥じて、今回の青葉の失態を不問にしている。

病院から引き取ってきた裕司は、ずっと気絶していたために記憶がなく、薬を買いに行った先で倒れたという話にした。無理のあるごまかしだったが、知らなかったとはいえ不正をしたひろみは細かいことを追及せず、東京へ戻っていった。

兄夫婦の干渉がなくなった一家は、いまは仲良く暮らしているらしい。

そして、結果的に場を収めてくれたお大師さまはというと……。

「百鬼夜行祭までの預かりといったのに、なぜいまだ居座っているのでしょうか」

「なんだかんだ小泉さんも、一緒にいて楽しそうですから」

難しい顔の太白に、あやねは笑いかける。いまも高階の屋敷で、お大師さまは小泉さんとともに、あやねたちの帰りを待ってお留守番中である。

「綱渡りでもなんとか百鬼夜行祭は終わりましたけど……一ヶ月も休業だし、修理費用はかかるし、採算取れるんでしょうか」

「系列のホテルやレストランは開いていますし、不動産収入もありますから、そう心配することはありません。ああ、でも」

不安げなあやねに、太白はなにか閃いた顔になる。

「休業の機会に、無事な場所を使って、ホテルの宣材を撮影しようという話が持ち上がっています。僕と、あやねさんがモデルになって」

「ええっ、いやです、またコスプレですか！」

「でも、ハロウィン仕様の着物姿のあやねさんは、素敵でしたから」

笑みこそ浮かべているが、太白の口調は真剣だ。またおねだりに負けたらどうしよう、とあやねがドキドキしていると、太白がおずおずと口を開く。

「父に、話したのです」

「え……」

「僕は、この結婚を後悔してはいない。いや、後悔どころか、あやねさんが僕を選び、選び続けてくれることを、心から誇りに思うと」

あやねが声を呑んで見返すと、太白は優しくほほ笑んだ。

「あなたと、一緒になれてよかった」

「……太白さん」

太白は、そっとあやねの手を取る。声もなく見つめるあやねに、彼は深い響きの真摯な声音で告げる。

「僕が至らない存在でも、誰かと力を合わせれば歩んでいけることを知りました。それが……あなたでよかった」

あやねの胸がいっぱいになる。詰まる声を絞り出し、あやねも告げた。

「わたしも……です。わたしも、太白さんと出会えてよかった。本当に」

ふたりは顔を見合わせると、どちらからともなくお互いをそっと抱きしめる。

松島で太白は、何度も何度も〝あやねだから連れてきたい〟〝あやねと一緒に見たい〟といってくれた。

この結婚ってなんだろう、とか。この関係は仕事でしかないのだろうか、とか。あやねはことあるごとに思い悩んできた。

でも、これが契約で、仕事の一環でもいいではないか。

太白は自分に向き合ってくれる。真っ直ぐに、真摯に、ひとりの人間として。

その関係に、いまは無理に名前をつけなくてもいい。大切なのは、この先にどんな困難があっても、彼となら、きっとともに歩んでいけるという確信だ。

抱き合うふたりのかたわらで、満開の四季桜が咲き誇る。

やがて訪れる客を、待ちわびるように。

<初出>

本書は書き下ろしです。

この物語はフィクションです。実在の人物・団体等とは一切関係ありません。

メディアワークス文庫

百鬼夜行とご縁組
～契約夫婦とあやかし大祭～

マサト真希

2020年7月22日　初版発行
2024年9月20日　4版発行

発行者　山下直久
発行　株式会社KADOKAWA
〒102-8177　東京都千代田区富士見2-13-3
0570-002-301（ナビダイヤル）
装丁者　渡辺宏一（有限会社ニイナナニイゴオ）
印刷　株式会社KADOKAWA
製本　株式会社KADOKAWA

●お問い合わせ
https://www.kadokawa.co.jp/（「お問い合わせ」へお進みください）
※内容によっては、お答えできない場合があります。
※サポートは日本国内のみとさせていただきます。
※Japanese text only
※定価はカバーに表示してあります。

Printed in Japan
ISBN978-4-04-913277-9 C0193

メディアワークス文庫　https://mwbunko.com/

本書に対するご意見、ご感想をお寄せください。
あて先
〒102-8177　東京都千代田区富士見2-13-3
メディアワークス文庫編集部
「マサト真希先生」係

メディアワークス文庫

マサト真希

江姫――乱世に咲く花。
信長・秀吉・家康ら乱世の英雄の生き様を
見届けた誇り高き美姫の物語。

「――泣くものか。泣けば負けだ。負けはならぬ。決して負けてはならぬ」

信長の姪であり、お市の方の娘である浅井の三女・江。生まれは近江、育ちは伊勢、
母とともに越前へおもむき、知多大野へ十二歳で嫁ぐ――
幼少より転変の人生を歩み、三人の夫に嫁して、ついには徳川将軍の御台所に
上りつめた、強く誇り高い娘。その波乱と激動の生涯を描く大河物語。

全三冊、好評発売中。

幼少期より北庄時代を経て
最初の結婚まで。
江姫-乱国の華-上
浅井の幼姫

小吉秀勝への再嫁と、
秀吉に翻弄される二人。
江姫-乱国の華-中
岐阜宰相の妻

徳川秀忠との結婚、
関ヶ原をへて大坂の陣へ。
江姫-乱国の華-下
将軍の御台所

発行●株式会社KADOKAWA

〝――彼は、あの日の姿のままで現れた〟。
アラサー女子・香実の会社にやってきた新人は、
幼いときの、初恋の青年に瓜二つ!?
何者なのかもわからないまま、
香実は思い出にある通りの、優しい彼に惹かれていくが……。
これはきっと、永遠に続く恋
永遠の庭で、終わらない恋をする
マサト真希
イラスト／鳥羽 雨